時調와 唐詩

마주하고 다가앉기

김재황

신세림출판사

時調와 唐詩

마주하고 다가앉기

김재황

책머리에

어느 나라 어느 민족이든지 그 나름으로 고유한 민족시(民族詩)를 지니고 있어야 한다. 없다면 그게 무엇보다 부끄러운 일이 아닐 수 없다. 다행이 우리는 멋진 민족시를 지니고 있으니 그 이름이 바로 '시조'(時調)이다.

게다가 '시조'는 엄격한 절제를 지닌 정형시(定型詩)이다. 모두 알고 있는 바와 같이, 정형시란 '전통적으로 시구(詩句)나 글자의 수와 배열의 순서 및 운율 등이 일정하게 정해져 있는 시'를 일컫는다. 이는 그만큼 땀나는 노력이 요구된다.

역사적으로 보아서 가장 널리 알려져 있는 정형시는 한시(漢詩)일 것 같은데, 한시 중에서도 가장 화려하게 꽃을 피운 시기는 당나라 때로 이른바 당시(唐詩)이다. 당시들을 살펴보면 그 형(型)이 매우 엄격하게 짜여 있다. 이를 바꾸어 말한다면, 시에 있어서 그 엄격함이 정형시의 전성시대를 이룬다는 뜻이기도 하다.

이제 바야흐로 한류(韓流)가 세계적 열풍을 일으키고 있다. 그리고 그 흐름의 한가운데에 '한글'이 있다. 한글의 위대성을 알리는 방법이 많겠으나, 이를 문학작품, 특히 시(詩)로써 알리는 방법이 무엇보다 효과적이라고 여긴다. 그것도 자유시가 아니라, 민족시인 '시조'(時調)로 알린다면 금상첨화(錦上添花)가 아니겠는가.

중국의 당시는 멋지고 훌륭하다. 그러나 우리의 시조는 더욱 멋지

고 더욱 훌륭하다. 나는 이를 증명하기 위하여 당시(唐詩) 일백 편을 자세히 음미해 보고, 그 한 편마다 화답시(和答詩)로 시조 한 편씩을 지었다. 이를테면, 이는 '시조가 당시와 마주하는 일'이다. 더 나아가서 백 명 당시인(唐詩人)에 대한 한 명 시조시인(時調詩人)의 마주 보기이기도 하다.

　물론, 쉬운 일이 아니다. 이를 성공시키기 위해서는 시조를 더욱 정형으로 조이지 않으면 안 된다. 다시 강조하건대, 시조는 정형시이다. 그러면 시조의 자수 정형은 어떠해야 하는가. 나는, 시조의 정형을 '초장과 중장의 각 구 음절을 3 4나 4 4로 하고, 종장 전체의 음절을 3 5 4 3 또는 3 5 4 4로 한다.'라고 보았다. 그런데 문득, '할부정불식(割不正 不食: 반듯하게 썰지 않았으면 먹지 않는다.〈논어 향당8〉)'이라는 공자의 이야기가 떠올랐다. 그래서 나는 '작부정 불독'(作不正 不讀 반듯하게 짓지 않으면 읽지 않는다.)을 떠올렸다. 다시 말해서 시조를 정형에 맞추어서 네모반듯하게 지어야 하겠다는 마음을 먹게 되었다. 듣기에도 정형이고 보기에도 정형인 시조(時調)! 이렇게 함으로써 비로소 당시(唐詩)와 마주할 수 있지 않을까.

2014년 가을에 　김 재 황

차례

■ 책머리에 • 4
■ 부록 / 한시의 세계 • 221
■ 부록 / 저자 녹시 김재황 연보 • 231

제1부 강정에서 달밤에 헤어져 보내다

001. 江亭月夜送別(강정월야송별)- 王勃(왕발) • 12

002. 曲池荷(곡지하)- 盧照鄰(노조린) • 14

003. 在獄詠蟬(재옥영선)- 駱賓王(낙빈왕) • 16

004. 夏日過鄭七山齋(하일과정칠산재)- 杜審言(두심언) • 18

005. 下山歌(하산가)- 宋之問(송지문) • 20

006. 巫山(무산)- 沈佺期(심전기) • 22

007. 登幽州臺歌(등유주대가)- 陳子昂(진자앙) • 24

008. 桃花谿(도화계)- 張旭(장욱) • 26

009. 題袁氏別業(제원씨별업)- 賀知章(하지장) • 28

010. 照鏡見白髮(조경견백발)- 張九齡(장구령) • 30

011. 經鄒魯祭孔子而歎之(경추노제공자이탄지)- 唐玄宗(당현종) • 32

012. 涼州詞(양주사)- 王翰(왕한) • 34

013. 春行寄興(춘행기흥)- 李華(이화) • 36

014. 春思(춘사)- 賈至(가지) • 38

015. 從軍行(종군행)- 令狐楚(영호초) • 40

016. 不見來詞(불견래사)- 施肩吾(시견오) • 42

017. 夜歸鹿門山歌(야귀녹문산가)- 孟浩然(맹호연) • 44

018. 還至端州驛前與高六別處(환지단주역전여고육별처)- 張說(장열) • 46

019. 贈盧五舊居(증노오구거)- 李頎(이기) • 48

020. 次北固山下(차북고산하)- 王灣(왕만) • 50

제2부 문서성에서 본 배나무 꽃

021. 左掖梨花(좌액이화)- 邱爲(구위) • 54

022. 登鸛雀樓(등관작루)- 王之渙(왕지환) • 56

023. 閨怨(규원)- 王昌齡(왕창령) • 58

024. 終南望餘雪(종남망여설)- 祖詠(조영) • 60

025. 送楊山人歸嵩山(송양산인귀숭산)- 李白(이백) • 62

026. 秋夜獨坐(추야독좌)- 王維(왕유) • 64

027. 田家春望(전가춘망)- 高適(고적) • 66

028. 山下晚晴(산하만청)- 崔曙(최서) • 68

029. 入若耶溪(입약야계)- 崔顥(최호) • 70

030. 隨流水居(수류수거)- 劉眘虛(유신허) • 72

031. 昭君墓(소군묘)- 常建(상건) • 74

032. 春怨(춘원)- 金昌緖(김창서) • 76

033. 秋日(추일)- 耿湋(경위) • 78

034. 南樓望(남루망)- 盧僎(노선) • 80

035. 子夜四時歌·春歌(자야사시가·춘가)- 郭震(곽진) • 82

036. 憫農 二首(민농 이수)- 李紳(이신) • 84

037. 浮石瀨(부석뢰)- 劉長卿(유장경) • 86

038. 月夜(월야)- 劉方平(유방평) • 88

039. 遊龍門奉仙寺(유용문봉선사)- 杜甫(두보) • 90

040. 寄左省杜拾遺(기좌성두습유)- 岑參(잠삼) • 92

제3부 '모이는 집'이라는 이름의 여울

041. 欒家瀨(란가뢰)- 裴迪(배적) • 96

042. 石井(석정)- 錢起(전기) • 98

043. 石魚湖上醉歌(석어호상취가)- 元結(원결) • 100

044. 山館(산관)- 皇甫冉(황보염) • 102

045. 楓橋夜泊(풍교야박)- 張繼(장계) • 104

046. 宮詞(궁사)- 顧況(고황) • 106

047. 尋陸鴻漸不遇(심육홍점불우)- 皎然(교연) • 108

048. 江鄕故人偶集客舍(강향고인우집객사)- 戴叔倫(대숙륜) • 110

049. 夕次盱眙縣(석차우이현)- 韋應物(위응물) • 112

050. 江村卽事(강촌즉사) - 司空曙(사공서) • 114

051. 拜新月(배신월)- 李端(이단) • 116

052. 同吉中孚夢桃源(동길중부몽도원)- 盧綸(노륜) • 118

053. 汴河曲(변하곡)- 李益(이익) • 120

054. 烈女操(열녀조)- 孟郊(맹교) • 122

055. 送孔徵士(송공징사)- 權德輿(권덕여) • 124

056. 十五夜望月(십오야망월)- 王建(왕건) • 126

057. 沒蕃故人(몰번고인)- 張籍(장적) • 128

058. 左遷至藍關示姪孫湘(좌천지남관시질손상)- 韓愈(한유) • 130

059. 秋思(추사)- 白居易(백거이) • 132

060. 飮酒看牧丹(음주간목단)- 劉禹錫(유우석) • 134

제4부   시냇물 흐르는 골짜기에 살다

061. 溪居(계거)- 柳宗元(유종원) • 138

062. 鄂州寓館嚴澗宅(악주우관엄간댁)- 元稹(원진) • 140

063. 題李凝幽居(제이응유거)- 賈島(가도) • 142

064. 出山作(출산작)- 盧仝(노동) • 144

065. 金縷衣(금루의)- 杜秋娘(두추랑) • 146

066. 早秋(조추)- 許渾(허혼) • 148

067. 題金陵渡(제금릉도)- 張祜(장호) • 150

068. 宮中詞(궁중사)- 朱慶餘(주경여) • 152

069. 旅宿(여숙)- 杜牧(두목) • 154

070. 蟬(선)- 李商隱(이상은) • 156

071. 隴西行(농서행)- 陳陶(진도) • 158

072. 贈少年(증소년)- 溫庭筠(온정균) • 160

073. 渡漢江(도한강)- 李頻(이빈) • 162

074. 勸酒(권주)- 于武陵(우무릉) • 164

075. 秦娥(진아)- 劉駕(유가) • 166

076. 長門怨(장문원)- 劉言史(유언사) • 168

077. 題新雁(제신안)- 杜筍鶴(두순학) • 170

078. 尤溪道中(우계도중)- 韓偓(한악) • 172

079. 貧女(빈녀)- 秦韜玉(진도옥) • 174

080. 除夜有懷(제야유회)- 崔塗(최도) • 176

차례

제5부 봄날에 늦게 일어나다

081. 春日晏起(춘일안기)- 韋莊(위장) • 180

082. 寄人(기인)- 張泌(장필) • 182

083. 無題(무제)- 寒山(한산) • 184

084. 秋朝覽鏡(추조람경)- 薛稷(설직) • 186

085. 古意(고의)- 崔國輔(최국보) • 188

086. 溪居(계거)- 裴度(배도) • 190

087. 寄韋秀才(기위수재)- 李群玉(이군옥) • 192

088. 牧童(목동)- 呂巖(여암) • 194

089. 懷故國(회고국)- 修睦(수목) • 196

090. 題長安主人壁(제장안주인벽)- 張謂(장위) • 198

091. 送麴司直(송국사직)- 郎士元(낭사원) • 200

092. 漢上題韋氏莊(한상제위씨장)- 戎昱(융욱) • 202

093. 和練秀才楊柳(화연수재양류)- 楊巨源(양거원) • 204

094. 從秦城回再再武關(종진성회재재무관)- 李涉(이섭) • 206

095. 登樓(등루)- 羊士諤(양사악) • 208

096. 題都城南莊(제도성남장)- 崔護(최호) • 210

097. 長安秋望(장안추망)- 趙嘏(조하) • 212

098. 天津橋春望(천진교춘망)- 雍陶(옹도) • 214

099. 宿雲門寺閣(숙운문사각)- 孫逖(손적) • 216

100. 過野叟居(과야수거)- 馬戴(마대) • 218

1

강정에서 달밤에 헤어져 보내다

원문

江亭月夜送別(강정월야송별)

王勃(왕발)

江送巴南水(강송파남수) 山橫塞北雲(산횡새북운)
津亭秋月夜(진정추월야) 誰見泣離群(수견읍리군)

亂煙籠碧砌(난연농벽체) 飛月向南端(비월향남단)
寂寂離亭掩(적적이정엄) 江山此夜寒(강산차야한)

녹 시 역

강정에서 달밤에 헤어져 보내다

왕발

강은 대파산에서 오는 남쪽 물을 보내고
산에는 나라 땅 북쪽 구름이 가로놓였다.
나루터 정자에 가을 달이 떠오르는 밤중
무리를 떠나는 눈물을 누가 보고 있는가.

어지러운 물안개는 푸른 섬돌에 자욱하고
나는 듯이 달은 남쪽 끝으로 나아가는데
헤어짐을 정자는 고요하고 쓸쓸히 숨기니
이와 같은 밤이면 강과 산은 쌀쌀하구나.

12

647년에 출생하여 674녀에 세상을 떠났다고 알려져 있다. 강주(絳州) 용문(龍門) 또는 산서(山西) 태원(太原) 사람이라고 한다. 고종(高宗) 인덕(麟德) 초에 대책(對策)으로 급제하였고, 17살 때인 건봉(乾封) 1년(666년)에는 유소과(幽素科)에 급제했다고 전한다. 당나라 초기의 대표적 시인. 4걸(傑) 중 하나. 6세 때에 벌써 글을 지었다고 한다. 성당시(盛唐詩)의 선구자로 이름을 날림. 특히 5언절구(五言絶句)에 뛰어나다. 시문집으로 '왕자안집'(王子安集)이 있다. 자(字)는 '자안'(子安)이다.

붙들고 놓지 않아서

김 재 황

만나고 헤어짐이 쉽게 오는 일이지만
고운 벗 보내자니 안타까움 없겠는가,
붙들고 놓지 않아서 어둠만이 짙구나

원문

曲池荷(곡지하)

盧照鄰(노조린)

浮香繞曲岸(부향요곡안) 圓影覆華池(원영복화지)
常恐秋風早(상공추풍조) 飄零君不知(표령군부지)

녹시역

곡강 가의 연못에 핀 연꽃

노조린

떠다니는 향기가 굽히는 언덕을 둘러싸고
동그란 그림자는 꽃이 핀 연못을 덮었다.
가을바람이 일찍 이를까 늘 두려워하는데
나부껴 떨어져서 시들어도 그대는 모르리.

650년에 태어나서 687년에 세상을 떠났다고 알려져 있다. 유주(幽州) 범양(范陽, 지금의 하북성 탁현(河北省 涿縣)) 사람으로 뜻이 크고 재주가 많았다고 한다. 현위(縣尉)로 있다가 20대 중반에 풍병(風病)으로 벼슬을 그만두었고, 병이 낫지 않아서 결국에는 영수(潁水: 강 이름)에 몸을 던졌다고 전한다. 초당사걸(初唐四傑) 중의 한 사람이다. 자(字)는 '승지'(升之)이고 자호(自號)는 '유우자'(幽憂子)이다.

찬바람 불지 않아도

김 재 황

못에서 피는 연꽃 제 아무리 곱더라도
비치는 그림자에 네 마음을 주지 마라
찬바람 불지 않아도 시들 날이 가깝다.

원문 在獄詠蟬(재옥영선)

駱賓王(낙빈왕)

西陸蟬聲唱(서육선성창) 南冠客思深(남관객사심)
那堪玄鬢影(나감현빈영) 來對白頭吟(래대백두음)

露重飛難進(로중비난진) 風多響易沈(풍다향이침)
無人信高潔(무인신고결) 誰爲表予心(수위표여심)

녹시역 옥에 갇혀서 매미를 노래하다

낙빈왕

서쪽 뭍의 가을 매미가 부르는 노래에
초나라 갇힌 이처럼 나그네 생각 깊다.
검은 귀밑머리 그림자를 어찌 견딜까
저 슬픈 늙음의 노래를 어이 듣겠는가.

이슬이 무거우니 날아오르기가 어렵고
바람이 자꾸만 부니 가라앉기는 쉽다.
높고 깨끗하게 믿음직한 사람 없으니
누가 내 마음을 겉으로 나타내어 줄까.

650년에 태어나서 684년에 이 세상을 떠났다고 알려져 있다. 의오(義烏), 즉 강서성 의오 사람이라고 한다. 7세 때에 이미 시에 있어서 천재로 이름을 날렸다는데, 출신이 낮았기 때문에 불우한 소년 시절을 보냈다고 한다. 벼슬은 임해현(臨海縣) 현승(縣丞) 등을 지냈고, 서경업(徐敬業)의 반란에 가담하였다가 감옥에 갇히게 되었다고 한다. 일설에는 처형되었다고 하나, 감옥에서 출소하여 어디론가 떠났다는 설도 있다. 초당사걸 중의 한 사람이고, 자(字)는 '관광'(觀光)이라고 한다.

노래도 울음소리로

김재황

감옥이 아니라도 가을 매미 슬프다네,
늙음이 찾아오면 떠나는 게 싫어지고
노래도 울음소리로 내 마음에 들리네.

원문 夏日過鄭七山齋(하일과정칠산재)

杜審言(두심언)

共有樽中好(공유준중호) 言尋谷口來(언심곡구래)
薜蘿山徑入(벽라산경입) 荷芰水亭開(하기수정개)

日氣含殘雨(일기함잔우) 雲陰送晚雷(운음송만뢰)
洛陽鐘鼓至(낙양종고지) 車馬繫遲回(거마계지회)

녹시역 여름날에 정칠의 산중 서재로 가다

두심언

술통 속의 즐거움을 함께 가지려고
깊은 골짜기 어귀로 왔다고 말하네.
덩굴들이 우거진 산길로 들어서니
연과 마름 사는 물가 정자 열리네.

대낮의 날씨는 그친 비를 머금는데
구름은 어두워서 저녁 우레 보내네.
낙양의 종소리와 북소리가 다다르니
수레와 말을 동여매고 어슬렁거리네.

645년에 출생하여 708년에 이 세상을 떠났다고 한다. 이 사람이 '두보' (杜甫)의 할아버지라고도 한다. 하남(河南) 공현(鞏縣) 사람이라고 하는데, 성품이 교만하여 사람들의 미움을 사기도 했다고 알려져 있다. 고종 함형(咸亨) 원년에 진사과에 급제했고, 중종 때 봉주(峰州: 북베트남)로 귀양을 갔다가 사면된 후에 수문관직학사(修文館直學士)를 지냈다고 한다. 5언율시에 뛰어났고, 자(字)는 '필간'(必簡)이다.

녹시가 시조 한 수

그마저 나는 없으니

김 재 황

깊숙한 골짜기에 숨어 사는 벗 있으면
이따금 찾아가서 술 나누면 좋을 텐데
그마저 나는 없으니 차만 홀로 마신다.

005

원문 下山歌(하산가)

宋之問(송지문)

下崇山兮多所思(하숭산혜다소사) 携佳人兮步遲遲(휴가인혜보지지)
松開明月長如此(송한명월장여차) 君再遊兮復何時(군재유혜복하시)

녹시역 산을 내려오는 노래

송지문

숭산을 내려오는데 생각하는 바가 많고
좋은 벗 이끄니 그 걸음이 더디고 더디다.
소나무 사이 밝은 달은 이와 같이 긴데
그대와 거듭 즐겁게 놀기 어느 때에 올까.

656년에 태어나서 712년에 이 세상을 떠났다고 알려져 있다. 무측천(武則天) 당시에 궁정 시인으로 활동했는데 아첨이 심하여 무측천의 요강까지 받들었다고 전한다. 그러나 그는 형식적으로 완전하게 정돈된 율시의 음률을 집대성하였다는 평가를 받는다. 산서성 분주(汾州) 사람이라고 하며, 자(字)는 '연청'(延淸)이다.

녹시가 시조 한 수

산을 내려올 때

김 재 황

힘들게 올랐으니 쉬엄쉬엄 내려올 것
바쁘게 서둘다간 헛발 딛고 넘어진다,
가파른 산길이라면 조심조심 또 조심.

원문

巫山(무산)

沈佺期(심전기)

巫山高不極(무산고불극) 合杳狀奇新(합묘상기신)
暗谷疑風雨(암곡의풍우) 陰崖若鬼神(음애약귀신)

月明三峽曉(월명삼협효) 潮滿九江春(조만구강춘)
爲問陽臺客(위문양대객) 應知入夢人(응지입몽인)

녹시역

산 같은 산인 무산

심전기

산 같은 산인 무산은 가장 높지 않아도
겹친 깊숙함이 매우 뛰어나고 새롭구나,
어둡고 그윽한 골짝엔 바람인가 비인가
축축한 벼랑 기슭 죽은 이의 넋과 같다.

달이 밝게 뜨면 세 좁은 골은 환한 새벽
밀물이 가득하니 아홉 강물은 봄이구나,
볕 바른 정자에 있는 손님에게 묻는다면
꿈 안으로 들어온 사람을 반드시 알리라.

656년에 태어나서 714년에 이 세상을 떠났다고 알려져 있다. 측전무후 시대부터 중종 시대에 걸쳐서 활동했으며, 무후의 궁정시인(宮廷詩人)이었다고도 한다. '심송'(沈宋)이라고 하면 '심전기와 송지문'을 가리키는데 '율시'(律詩)라고 하는 시형(詩型)인 '심송체'(沈宋體)를 만들었다고 한다. 하남성 상주 내황(內黃) 사람이라고 하는데, 자(字)는 '운경'(雲卿)이라고 불렀다.

무산이 아니라도

김 재 황

숲 둘린 정자라면 잠시 쉬고 싶을 테고
볕 바른 한낮이면 오는 졸음 깊을 테니
나 또한 벌렁 누워서 꿈속 여인 만나리.

원문 登幽州臺歌(등유주대가)

陳子昂(진자앙)

前不見古人(전불견고인) 後不見來者(후불견래자)
念天地之悠悠(염천지지유유) 獨愴然而涕下(독창연이체하)

국시역 유주 돈대에 올라서 노래하다

진자앙

나아가니 옛 사람을 볼 수 없고
뒤로 처지니 오는 사람을 볼 수 없다.
하늘과 땅의 아득함을 헤아리니
홀로 섭섭하고 서운하여 눈물 흘린다.

660년에 태어나서 701년에 이 세상을 떠났다고 알려져 있다. 재주(梓州) 사람이라고 한다. 국사에 관한 상소문을 올림으로써 측천무후의 칭찬을 받고 인대정자(麟臺正字)에 임명되었는데 간언을 하는 용기도 있었다고 전한다. 그 후에 벼슬을 버리고 낙향했으나 모함으로 옥에서 목숨을 잃었다고 기술되어 있다. 그의 시는 한나라와 위나라 시대의 힘찬 품격이 드높다는 평을 받는다. 자(字)는 '백옥'(伯玉)이다.

녹시가 시조 한 수

여기 그 사람

김재황

수많은 사람들이 가고 오는 이 세상에
올 사람 떠난 사람 깊어지면 되겠는가,
옆에서 함께 머무는 그 사람을 아끼게.

원문 桃花谿(도화계)

張旭(장욱)

隱隱飛橋隔野煙(은은비교격야연) 石磯西畔問漁船(석기서반문어선)
桃花盡日隨流去(도화진일수류거) 洞在靑溪何處邊(동재청계하처변)

녹시역 복숭아꽃이 핀 시냇가에서

장욱

아득하고 아득하여 '나는 다리'는 들안개에 멀어지고
돌 있는 물가 서쪽 두둑에서 배를 탄 어부에게 묻는다.
"복숭아꽃이 하루해 지도록 흐르는 물을 따라서 가니
마을은 푸른 산골짜기 어느 가장자리에 머물러 있소?"

675년에 태어나서 750년에 이 세상을 떠났다고 짐작되고 있다. 소주(蘇州) 오(吳) 나라 땅의 사람이라고 한다. 초서(草書)를 어찌나 잘 썼는지 '초성'(草聖)이라는 일컬음을 받았다고 전한다. 음중팔선(飮中八仙)의 한 사람으로 손꼽을 만큼 술을 좋아하였다는데, 술을 마시고 글을 쓰면 전신(傳神)하였기에 '장전'(張顚)이라고도 불렀다고 한다. '삼절'(三絶: 이백의 시, 배민의 검무, 장욱의 초서) 중의 한 사람이다. 그의 시는 겨우 6수 정도가 전해지고 있다. 자(字)는 '백고'(伯高)이다.

어느 자리에

김 재 황

내 고향 깊은 골에 홍매화가 피어나니
꼴 베는 아이에게 나그네는 묻곤 했네,
그 향기 어느 자리에 쉬었다가 떠날지.

원문 **題袁氏別業**(제원씨별업)

賀知章(하지장)

主人不相識(주인불상식) 偶坐爲林泉(우좌위임천)
莫謾愁沽酒(막만수고주) 囊中自有錢(낭중자유전)

녹시역 원씨 별장 머리에 적다

하지장

별장 임자와는 서로 낯이 익지 않은데
숲과 샘 때문에 둘이 짝하여 앉았다네.
부질없이 술 살 걱정까지 하지 말기를
내 주머니 속에는 마땅히 돈이 있으니.

677년에 태어나서 744년에 이 세상을 떠났다고 알려져 있다. 저장성
회계(會稽) 사람이라고 하는데, 어릴 적에 시를 잘 지어서 이름을 날렸
다고 한다. 본성이 활달하여 '청담풍류'(清談風流)라는 칭송을 들었다고
전한다. 현종(玄宗) 때에 예부시랑의 직에 올랐고 86세가 되어서야 관
직을 떠나 고향으로 돌아갔으며 얼마 지나지 않아서 숨을 거두었다고
한다. '당초삼걸'(唐草三傑) 중 하나로, 그의 절구(絶句) 20수가 남아 있다.
술을 매우 좋아했다고 한다. 자(字)는 '계진'(季眞)이다.

녹시가 시조 한 수

그때나 지금 이때나

김재황

숲속에 샘 흐르면 누구든지 벗이 되지
술이야 주머니가 넉넉한 이 사면 되지
그때나 지금 이때나 그 마음은 똑같지.

원문

照鏡見白髮(조경견백발)

張九齡(장구령)

宿昔青雲志(숙석청운지) 蹉跎白髮年(차타백발년)
誰知明鏡裏(수지명경리) 形影自相憐(형영자상련)

녹시역

거울에 비친 흰머리를 보다

장구령

오랜 옛 시절에 품었던 파랑 꿈의 뜻
헛딛고 때를 놓쳐서 흰머리 나이구나.
밝은 이 거울 속에서 누가 알았겠는가,
나와 그림자가 서로 딱하게 여길 줄을.

678년에 태어나서 740년에 이 세상을 떠났다고 알려져 있다. 이 시는, 현종(玄宗) 때 재상으로 있다가 이임보(李林甫)의 참소로 좌천된 후에 관직을 버리고 초야에 묻혀 살면서 지었다고 한다. 일찍이 안녹산(安祿山)의 후한이 있을 것을 예감하고 그를 제거해야 된다고 주장했으나 그말이 쓰이지 않았으며, 그 후에 현종이 크게 후회했다고 전한다. 그의 저작으로, '당승상곡강장선생문집(唐丞相曲江張先生文集) 20권 등이 있다. 소주(韶州) 곡강(曲江) 사람이고 자(字)는 '자수(子壽)'이다.

녹시가 시조 한 수

모든 이가 마찬가지

김 재 황

나 또한 바빴기에 거울 잊고 살았는데
우연히 거울 보니 늙은이가 서 있었지
그 누가 다르겠는가 모든 사람 딱하네.

원문 經鄒魯祭孔子而歎之(경추노제공자이탄지)

唐玄宗(당현종)

夫子何爲者(부자하위자) 栖栖一代中(서서일대중)
地猶鄒氏邑(지유추씨읍) 宅卽魯王宮(택즉노왕궁)

歎鳳嗟身否(탄봉차신부) 傷麟怨道窮(상린원도궁)
今看兩楹奠(금간양영전) 當與夢時同(당여몽시동)

녹시역 노나라 추읍에 들러 공자께 제사하고 읊다

당현종

스승이신 공 선생님께서는 무엇 하시는 분이시기에
하나의 삶 사시는 동안 여기저기 떠돌아다니셨는가.
와서 있는 땅은 지금도 역시 '추'씨의 고을 그대론데
스승 집은 한나라 노공왕 으리으리한 궁궐이 되었다.

봉새에 한숨지으시고 선생님 스스로 애달피 여기시며
암 기린을 가엾게 보시고 길 다하게 됨을 슬퍼하셨네.
지금 두 둥글고 굵은 기둥 사이에 제물을 차려놓으니
마땅히 그때에 그분이 꾸시던 그 꿈과 같아야 하리라.

685년에 태어나서 762년에 이 세상을 떠났다고 알려져 있다. 무측천 아들인 예종(睿宗)의 셋째 아들이라고 한다. 그 유명한 '양귀비'와 사랑을 나눈 당나라 제6대 황제이다. 재위 기간은 712년부터 756년까지이다. 이 시는, 개원(開元) 13년인 725년 태산에서 봉선제(封禪祭)를 행하고 장안으로 돌아오던 도중에 곡부(曲阜)의 공자 고택에 들러서 제사를 지내게 되었는데, 그때 지었다고 한다. 그는 개원 27년인 789년에 공자를 문선왕(文宣王)에 봉하였다고 전한다. 본명은 이융기(李隆基)이고, 시호는 '명황'(明皇)이다. 음률에 뛰어났고 시도 잘 지었다는 평을 듣는다.

멀리서 스승님 그리며

김재황

멀고먼 옛적이고 그 거리도 꽤 멀지만
언제나 함께 살며 그리움을 펴는 까닭
스승님 주신 말씀이 내 지팡이 됐기에.

원문

涼州詞(양주사)

王翰(왕한)

葡萄美酒夜光杯(포도미주야광배) 欲飮琵琶馬上催(욕음비파마상최)
醉臥沙場君莫笑(취와사장군막소) 古來征戰幾人回(고래정전기인회)

秦中花鳥已應蘭(진중화조이응란) 塞外風沙猶自寒(새외풍사유자한)
夜聽胡笳折楊柳(야청호가절양류) 敎人意氣憶長安(교인의기억장안)

녹시역

감숙성 동부 양주에서 알리다

왕한

포도로 빚은 맛 좋은 술에 백옥으로 만든 술잔
마시고 싶은데 비파 소리가 말 위에서 재촉하네.
취하여 모래톱에 자빠져도 그대는 웃지 마시오.
예부터 전쟁에 나가서 몇 사람이나 돌아왔는가.

섬서 진중에는 꽃과 새가 이미 응하여 다했는데
변경 요새에는 바람에 날린 모래마저 몸소 차다.
밤에 갈잎 피리로 부는 황취곡의 곡조가 들리니
남들로 하여금 장한 마음에 장안 생각나게 하네.

687년에 태어나서 726년에 이 세상을 떠났다고 알려져 있다. 병주(并州) 진양(晉陽: 현재는 산서성 태원시) 사람이라고 한다. 경운(慶雲) 원년인 710년에 진사에 급제한 후, 비서정자(秘書正子)와 통사사인(通事舍人)과 가부원외랑(駕部員外郎)과 여주장사(汝州長史) 및 선주별가(仙州別駕) 등을 거쳤다고 한다. 성격이 호방하였으며 술을 좋아하였고 재주를 뽐냈다고 한다. 자(字)는 '자우'(子羽)이다.

포도주를 앞에 놓고

김 재 황

좋은 술 따라 놓고 전쟁일랑 생각 마소
한 가락 멋진 곡조 곁들이며 나눈 담소
오늘을 잘 사는 것이 가장 옳은 길이오.

원문 春行寄興(춘행기흥)

李華(이화)

宜陽城下草萋萋(의양성하초처처) 澗水東流復向西(간수동류부향서)
芳樹無人花自落(방수무인화자락) 春山一路鳥空啼(춘산일로조공제)

녹시역 봄에 길을 걷다가 흥겨움을 맡기다

이화

하남성에 있는 '의양'이라는 성 밖에는 풀이 우거졌는데
계곡을 흐르는 물은 동쪽을 흘러서 다시 서쪽을 향한다.
좋은 냄새를 지닌 나무는 사람 없어도 꽃만 스스로 지고
봄 가득한 산의 외로운 길에는 새가 텅 빈 울음을 운다.

715년에 태어나서 766년에 이 세상을 떠났다고 알려져 있다. 직예성(直隸省) 조주(趙州) 사람이라고 한다. 현종 때에 감찰어사(監察御史)를 지냈고, 한 때에 안녹산(安祿山)을 섬긴 일이 부끄러워서 벼슬을 사직했다고 전한다. 이 시는 안녹산의 난이 평정되고 나서 의양성 밖을 지나다가 읊었다고 한다. 꽃이 지고 났으니 새 우는 소리도 공허했을 것 같다. 자(字)는 '하숙'(遐叔)이다.

산새 울어도

김 재 황

고운 꽃 피었어도 알아줄 이 없고 보면
그 멋진 느낌 또한 누가 있어 간직하랴
아무리 산새 울어도 빈 소리로 들릴 뿐.

春思(춘사)

賈至(가지)

草色靑靑柳色黃(초색청청류색황) 桃花歷亂李花香(도화역란이화향)

東風不爲吹愁去(동풍불위취수거) 春日偏能惹恨長(춘일편능야한장)

봄에 사랑하고 바라며 슬퍼하다

가지

풀빛은 푸르고 푸른데 버드나무 잎들은 노릇하고
복사꽃은 어지러움을 겪고 자두 꽃은 향기롭구나.
동쪽 바람은 시름을 떠나도록 부추길 수 없는데
봄날은 치우치기를 잘해서 뉘우침만 길게 이끈다.

718년에 태어나서 772년에 이 세상을 떠났다고 알려져 있다. 허난성 낙양(洛陽) 사람이라고 한다. 현종 때에 기거사인(起居舍人) 및 지제고(知制誥)를 거쳐서 중서사인(中書舍人)을 지냈고 안녹산의 난 때에 현종을 모시고서 촉(蜀)으로 피란하기도 했으며, 숙종 때 우산기상시(右散騎常侍)로 있을 때에 숨을 거두었기에 예부상서(禮部尙書)로 추증되었다고 한다. 이태백과 친한 사이인데 그와 함께 동정호에서 뱃놀이하며 지은 시가 전하여지고 있다. 자(字)는 '유린'(幼鄰)이다.

녹시가 시조 한 수

철이 없긴 매한가지

김 재 황

복사꽃 피어나면 가슴 철렁 내려앉고
자두 꽃 벌어지면 마음까지 벌어지니
주름이 가득하여도 철이 없긴 똑같다.

원문 **從軍行**(종군행)

令狐楚(영호초)

朔風千里驚(삭풍천리경) 漢月五更淸(한월오경청)
縱有還家夢(종유환가몽) 猶聞出塞聲(유문출새성)

역시 # 군대를 따라서 싸움터로 나아가다

영호초

겨울철 부는 북쪽 바람에 먼 거리가 놀라서 떨고
동남에서 변방 밖을 비치는 달은 새벽에 맑은데
비록 집으로 다시 돌아갈 꿈을 가슴에 지니지만
지금도 역시 변방 밖으로 나가라는 목소리 들린다.

766년에 태어나서 837년에 이 세상을 떠났다고 알려져 있다. 선주(宣州) 화원(華原) 사람이라고 한다. 덕종(德宗) 때에 벼슬살이를 했는데 중서시랑동평장사(中書侍郞同平章事)와 산남서도절도사(山南西道節度使)를 역임했다고 한다. 정계 한쪽의 영수였다고도 한다. 정승 왕애(王涯) 등이 환관의 모함을 받고 처형당했는데, 영호초가 황제 문종에게 아뢰어서 도성 서쪽에 그들의 시신을 묻게 만들었다고 전한다. 자(字)는 '곡사'(穀士)이다.

고향에 안기는 꿈

김재황

난 아직 싸움터로 나간 적은 없었지만
어릴 때 피난살이 겪은 일은 있었단다,
고향에 안기는 꿈을 긴 밤마다 꾸었지.

원문　不見來詞(불견래사)

施肩吾(시견오)

烏鵲語千回(오작어천회) 黃昏不見來(황혼불견래)
漫敎脂粉匣(만교지분갑) 閉了又重開(폐료우중개)

녹시역　임을 기다리는 여인의 노래

시견오

까마귀와 까치는 천 번이나 우짖었는데
해가 져서 어두워도 오는 임을 못 보네.
부질없이 연지 곤지 분갑 등을 내놓고
뚜껑을 닫았다가 다시 거듭하여 연다네.

780년에 태어나서 861년에 이 세상을 떠났다고 하는데 죽은 해가 분명하지 않다. 목주(睦州) 분수(分水) 사람이라고 한다. 현종 때에 진사 시험에 급제하여 벼슬길에 올랐으나 목종 때에 벼슬을 내려놓고 홍주(洪州) 서산(西山)에 은거했다고 전한다. 선도(仙道)를 몹시 좋아해서 스스로 원화진사(元和進士)라고 부르며 장생(長生)의 학문에 몰두하였다고도 한다. 자(字)는 '희성'(希聖)이다.

그 여인을 생각하며

김 재 황

고운 임 기다리기 그 얼마나 애달픈가,
달 밝은 한밤이면 새까맣게 타는 마음
몸단장 다시 하여도 오는 기척 없구나.

원문 夜歸鹿門山歌(야귀녹문산가)

孟浩然(맹호연)

山寺鐘鳴晝已昏(산사종명주이혼) 漁梁渡頭爭渡喧(어량도두쟁도훤)
人隨沙路向江村(인수사로향강촌) 余亦乘舟歸鹿門(여역승주귀녹문)

鹿門月照開煙樹(녹문월조개연수) 忽到龐公棲隱處(홀도방공서은처)
岩扉松徑長寂寥(암비송경장적요) 惟有幽人自來去(유유유인자래거)

녹시역 밤에 녹문산으로 들어가는 노래

맹호연

산 깊은 절에 종이 울리니 낮은 이미 어두웠고
어량 나루터 머리에는 먼저 타려고 떠들썩하다.
사람들은 모랫길을 따라 강가 마을로 향하는데
나 또한 배 위에 올라가서 녹문으로 돌아간다.

녹문 그 산에 달이 비치니 나무는 안개를 열고
어느새 방덕 공이 숨어살던 곳에 이르렀구나.
바위로 된 문과 소나무 지름길은 쓸쓸함이 길고
오직 피하여 숨은 사람 있기에 스스로 오간다.

689년에 태어나서 740년에 이 세상을 떠났다고 알려져 있다. 호북성 (湖北省) 양양(襄陽) 사람이라고 한다. 예종 때 장자용(張子容)과 함께 녹문 산으로 들어가서 은거하였는데, 이 작품은 그 당시에 지은 것이라고 한다. 그 후 나이 40세가 되어서 과거를 보았으나 낙방했다고 전한다. 그렇기에 일생 동안 처사(處士)로 지내면서 불우한 마음을 자연과 벗하 며 달래었다고 한다. 한적한 곳에서 지내면서도 마음 한쪽으로는 벼 슬에 대한 욕망을 버리지 못했다고도 한다. 시집으로 '맹호연집'(孟浩然 集) 4권이 있다. 명(名)은 '호'(浩)이고, 자(字)가 '호연'(浩然)이다.

녹시가 시조 한 수

가는 길 가벼워야

김 재 황

그 몸이 풀과 나무 함께하며 살더라도
가슴에 지닌 마음 싹 비우지 못했다면
가는 길 가볍겠는지 몸과 마음 다르니.

018

원문 還至端州驛前與高六別處(환지단주역전여고육별처)

張說(장열)

舊館分江口(구관분강구) 悽然望落暉(처연망락휘)
相逢傳旅食(상봉전려식) 臨別換征衣(임별환정의)

昔記山川是(석기산천시) 今傷人代非(금상인대비)
往來皆此路(왕래개차로) 生死不同歸(생사부동귀)

녹시역 고륙과 헤어진 단주역으로 돌아와서

장열

옛 '묵어가는 집'은 강이 나뉘는 어귀인데
떨어지는 빛을 외롭고 쓸쓸하게 바라본다.
서로 만나면 함께 음식을 나누어 먹었으며
헤어짐에 다다르면 떠날 차림을 바꾸었다.

옛 기억에 산과 흐르는 냇물이 여기 이 곳
지금 애태움은 사람을 대신함이 아니기에.
가고 오기를 모두 이 길로 걸어서 다니는데
삶과 죽음은 둘이 함께 돌아오지 못한다네.

667년에 태어나서 730년에 이 세상을 떠났다고 알려져 있다. 도제(道濟) 낙양(洛陽) 출신이라고 한다. 20세 가량 되었을 때 사표문원과(詞標文苑科)에 급제하여 태자교서랑(太子校書郎) 및 봉각사인(鳳閣舍人)이 되었으나 권신 장역지(張易之)의 명을 거역하여 흠주(친저우欽州)에 유배되었다고 전한다. 장역지가 죽은 후에 공부시랑(工部侍郎) 등을 역임했으며, 예종 때에는 재상이 되었다가 현종 때에는 연국공(燕國公)에 봉해졌다고 한다. 그 후에 좌천과 파면을 당하였으나 복귀하여 좌승상(左丞相)에까지 이르렀다고 전한다. 소정(蘇頲)과 함께 연허대수필(燕許大手筆)이란 일컬음을 받았다고 한다. 자(字)는 '열지'(說之) 또는 '도제'(道濟)이다.

나그네와 같은 삶

김 재 황

사람이 산다는 게 나그네와 같을 텐데
만나서 헤어짐을 너무 그리 슬퍼 말게
나조차 없는 것인데 남이 어찌 있을까.

019

원문 贈盧五舊居(증노오구거)

李頎(이기)

物在人亡無見期(물재인망무견기) 閑庭繫馬不勝悲(한정계마불승비)
窓前綠竹生空地(창전녹죽생공지) 門外靑山似舊時(문외청산사구시)

悵望秋天鳴墜葉(창망추천명추엽) 巉巇枯柳宿寒鴟(찬완고류숙한치)
憶君淚落東流水(억군누락동류수) 歲歲花開知爲誰(세세화개지위수)

녹시역 노오가 살던 옛 집에 주다

이기

세간은 있으나 사람은 죽어서 만날 기약 없는데
한가한 뜰에 말을 매니 슬픔을 이기지 못하겠구나.
창문 앞의 푸른 대나무는 땅바닥에 성실히 살고
문 밖의 푸른 산은 옛날 그때의 모습과 다름없네.

슬퍼하며 가을하늘을 바라보니 잎 떨어지는 소리
꺽다리 늙은 버드나무에 추운 올빼미가 머무르고
그대 생각으로 동쪽 흐르는 물에 눈물을 흘리니
해마다 피어나는 꽃은 누구를 위한 일인지 아는가.

690년에 태어나서 751년에 이 세상을 떠났다고 한다. 운남(雲南) 동천 (桐川) 사람이라고 하는데, 대대로 하남(河南) 영양(鈴陽)에서 살았다고 한 다. 개원(開元) 13년에 진사과에 급제하여 신향현위(新鄕縣尉)를 지냈다 고 전한다. 왕유(王維)와 왕창령(王昌齡)이 그의 벗이었다고 하며, 그의 시는 호방하면서도 악부(樂府)의 민요적인 어조가 가득하였다고 일컬 어진다. 일설에는 승진하는 동료를 보고 불만이 컸으며 질투심이 심 하여 처첩의 방에 항상 자물쇠를 잠가 두었다고도 한다. 그런가 하면 나중에 승진하여 예부상서(禮部尙書)에 이르렀고, 풍류객으로 명성이 자자했다고도 전한다. 자(字)는 '군우'(君虞)라고 한다.

그 집에 그 오동 꽃

김 재 황

나 또한 떠난 벗이 살던 집을 다녀왔지
빈 마당 홀로 채운 오동 꽃이 피었어도
눈시울 자꾸 젖어서 바로 보지 못 했지.

020

원문 次北固山下(차북고산하)

王灣(왕만)

客路靑山外(객로청산외) 行舟綠水前(행주녹수전)
潮平兩岸闊(조평양안활) 風正一帆懸(풍정일범현)

海日生殘夜(해일생잔야) 江春入舊年(강춘입구년)
鄕書何處達(향서하처달) 歸雁洛陽邊(귀안낙양변)

녹시역 북고산 아래 머무르다

왕만

나그네 길은 푸른 산을 벗어났는데
떠나가는 배는 초록 물결 앞이구나.
물이 차니 고른 양쪽 기슭이 트이고
바른 바람에 돛 하나 다니 헛되다.

바다에서 배가 허물어진 밤에 뜨고
강의 봄은 해가 가기 전에 들어온다.
고향 편지는 어디쯤에 이르렀을까
돌아가는 기러긴 낙양 근처일 텐데.

693년에 태어나서 751년에 이 세상을 떠났다고 알려져 있다. 하남(河南)의 낙양(洛陽) 사람이라고 한다. 712년에 진사가 되었고 개원(開元) 초에 형양주부(滎陽主簿)가 되었으며 당나라 황실에서 주도하는 역대 서적을 교감하고 정리하는 작업에 참여했는데 그 공으로 낙양위(洛陽尉)에 올랐다고 전한다. 일찍이 시에 능해서 문명을 떨쳤다고 한다. 그의 시는 10수가 전하는데 그 중에 이 시(次北固山下)가 가장 많이 회자되었다고 한다. 자(字)는 알 수 없고, 호(號)는 '위덕'(爲德)이다.

그날 하루를

김 재 황

사는 집 떠나서야 그 무거움 크게 알고
사람은 죽고 나야 그가 간 길 밝혀지네,
날 밝은 하루하루를 띌 수 있게 살기를!

2

문서성에서 본 배나무 꽃

021

원문 左掖梨花(좌액이화)

邱爲(구위)

冷艶全欺雪(냉염전기설) 餘香乍入衣(여향사입의)
春風且莫定(춘풍차막정) 吹向玉階飛(취향옥계비)

녹시역 문하성에서 본 배나무 꽃

구위

차갑고도 고움에 모두 눈인 줄 속는데
넉넉한 향기는 갑자기 웃옷으로 들어온다.
봄에 부는 바람은 얼마간 그치지 말고
불어서 궁중의 층계로 날아가 떨어지기를.

694년에 태어나서 789년에 이 세상을 떠났다고 알려져 있다. 소주(蘇州) 가흥(嘉興) 출신이라고 한다. 743년에 진사에 급제하였고 벼슬이 태자우서자(太子右庶子)에 이르렀다고 한다. 계모를 효성으로 지성껏 섬겼기 때문에 그의 당전(堂前)에는 늘 지초(芝草)가 돋아나 있었다고도 한다. 그는 왕유(王維)와 유장경(劉長卿) 등을 벗으로 삼았는데 그의 시도 그 영향을 받았을 것으로 보인다. 전당시(全唐詩)에는 그의 시 18수가 전한다. 그의 자(字)에 대해서는 아는 바가 없다.

녹시가 시조 한 수

배나무 그 꽃 마음

김 재 황

배나무 그 꽃이야 차갑고도 깨끗하지
임금을 섬기려면 그런 마음 지녀야지
지도자 되려는 이도 본받아야 된다네.

022

원문 登鸛雀樓(등관작루)

王之渙(왕지환)

白日依山盡(백일의산진) 黃河入海流(황하입해류)
欲窮千里目(욕궁천리목) 更上一層樓(갱상일층루)

녹시역 영제현 관작루에 올라서

왕지환

밝은 해는 산을 의지하여 다 되어 사라지고
누른 빛깔의 강은 흘러서 바다로 들어간다.
어려움을 무릅쓰고 먼 거리를 보고자 하여
다락의 포개져 이룬 층을 다시 하나 오른다.

696년에 태어나서 720년에 이 세상을 떠났다고 알려져 있다. 산서성 (山西省) 병주(并州) 사람이라고 한다. 젊었을 때에 이미 호탕한 기질로 하여 여러 사람에게 알려졌다고 한다. 술을 잘 마셨고 칼 쓰는 솜씨마 저 탁월하였으며 매우 진취적인 사람이었다고 전한다. 벼슬은 지방관 에 올랐으나 곧 사직하고 자유로운 생애를 보냈다고 하는데, 시작(詩 作)에 전념하면서 왕창령(王昌齡)이나 고적(高適) 등과 교류를 했다고 한 다. 남아 있는 시는 6수뿐이다. 자(字)는 '계릉'(季陵)이다.

큰 뜻을 품게 되거든

김 재 황

무작정 높은 곳에 오르려고 하지 마라
가려면 숨이 차고 걸음마저 힘이 든다,
높은 뜻 품게 되거든 산정으로 가거라.

023

閨怨(규원)

王昌齡(왕창령)

閨中少婦不知愁(규중소부부지수) 春日凝妝上翠樓(춘일응장상취루)
忽見陌頭楊柳色(홀견맥두양류색) 悔敎夫壻覓封侯(회교부서멱봉후)

아낙네가 안방에서 슬퍼하다

왕창령

안방 안에서 젊은 아낙네가 시름을 알지 못하니
봄날에 얼굴을 매만지고 푸른 다락집을 오르네.
문득 길거리에 서 있는 버드나무 빛깔을 보고서
벼슬자리 얻으러 지아비 떠나게 한 것 뉘우치네.

698년에 태어나서 757년에 이 세상을 떠났다고 알려져 있다. 강소성(江蘇省) 강령(江寧) 사람이라고도 하고 섬서성(陝西省) 장안(長安) 사람이라고도 한다. 진사 급제 후에 하남성 범수현(氾水縣)의 위(尉)가 되었다가 박학굉사과(博學宏詞科)에 급제하여 비서성(秘書省) 교서랑1이 되었고, 그 후에 강소현위(江蘇縣尉)가 되었다가 용표현위(龍標縣尉)로 좌천되었다고 한다. 이태백과 함께 칠언절구가 가장 뛰어났다는 칭송을 받는다. 시집 5권이 전한다. 자(字)는 '소백'(少白)이다.

녹시가 시조 한 수

멀리 보낼 때

김 재 황

남편이 높게 되면 그 아내는 더 높은데
더 높이 오르라고 제 남편을 볶지 마라
함부로 멀리 보낼 때 가정 파탄 나느니.

024

원문　終南望餘雪(종남망여설)

祖詠(조영)

終南陰嶺秀(종남음령수) 積雪浮雲端(적설부운단)
林表明霽色(임표명제색) 城中增暮寒(성중증모한)

녹시역　종남산에서 남은 눈을 바라보다

조영

종남산 응달 짙은 산봉우리가 빼어난데
쌓인 눈은 구름 끝자락에 떠서 움직인다.
수풀이 눈발 그친 빛깔을 밝게 나타내니
성문 안에는 해질 무렵 차가움이 겹친다.

699년에 태어나서 762년에 이 세상을 떠났다고 알려져 있다. 하남성 (河南省) 낙양(洛陽) 사람이라고 한다. 과거에 급제하여 말을 관리하는 가 부원외랑(駕部員外郎)이라는 벼슬을 받았으나 마음에 들지 않아서 벼슬을 버리고 여분(汝墳)에 거처를 마련하여 농사를 지으며 살았다고 전한다. 전원산수파의 한 사람으로 왕유와 벗하였는데, 소개한 시는 '과거 시험에 응시했을 때 지은 작품'이라고 한다. 그의 시는 탈속한 멋이 있고 정적이라는 평을 받는다. 자(字)는 알려지지 않았다.

겨울 산을 바라보며

김 재 황

흰 눈이 쌓였으나 높은 산은 의젓하게
빛 고운 구름결을 머리 위에 둘렀으니
내 가슴 늙은 마음을 되새겨볼 일이다.

025

원문 **送楊山人歸嵩山**(송양산인귀숭산)

李白(이백)

我有萬古宅(아유만고택) 嵩陽玉女峰(숭양옥녀봉)
長留一片月(장류일편월) 掛在東溪松(괘재동계송)

爾去掇仙草(이거철선초) 菖蒲花紫茸(창포화자용)
歲晚或相訪(세만혹상방) 青天騎白龍(청천기백룡)

녹시역 숭산으로 떠나는 양산인을 보내며

이백

나에게 아주 오랜 옛 집이 있는데
숭양이란 곳의 옥녀라는 봉우리라네.
한 조각의 달이 길디길게 머무르며
동쪽 골짜기의 소나무에 걸려 있네.

자네가 가서 신선의 풀을 따려거든
꽃다운 창포가 새로 돋은 자줏빛 싹!
저무는 세밑에 어쩌면 서로 찾아서
몸빛 새하얀 용을 타고 푸른 하늘로-.

706년에 태어나서 762년에 이 세상을 떠났다고 알려져 있다. 할아버지가 태어난 곳은 감숙성(甘肅省)이고, 죄를 짓고 인도로 도망가서 살았다고 한다. 5살 때 사천성(四川省)으로 돌아와서 그 곳이 고향이 되었다고도 한다. 그는 젊었을 때에 호탕하고 협기가 있었으며 칼을 잘 쓰기도 했다는 이야기가 있다. 42세 때에 장안으로 가서 현종을 만났으며 한림공봉(翰林供奉)이 되었으나, 궁정시인 생활에 싫증을 느끼고 각지를 유람했다고 한다. 그 후, 안녹산의 반란에 연루되어 투옥과 귀양살이를 하고, 구강(九江) 일대를 유랑하다가 당도(當塗)에서 죽었다고 전한다. 두보(杜甫)와 함께 시종(詩宗)으로 추앙받는다. 자(字)는 '태백'(太白)이고 호(號)는 '청연'(青蓮)이며 자호(自號)는 '취선옹'(醉仙翁)이다.

모든 것에 마음 주면

김 재 황

어디든 그 모두 다 마음 주면 내 집인데
이 산은 오게 하고 저 강물은 가게 하네,
죽는 것 살아가는 것 떠나는 듯 머문 듯.

026

원문

秋夜獨坐(추야독좌)

王維(왕유)

獨坐悲雙鬢(독좌비쌍빈) 空堂欲二更(공당욕이경)
雨中山菓落(우중산과락) 燈下草蟲鳴(등하초충명)

白髮終難變(백발종난변) 黃金不可成(황금불가성)
欲知除老病(욕지제로병) 唯有學無生(유유학무생)

녹시역

가을밤에 홀로 그냥 앉아서

왕유

홀로 그냥 앉아서 양쪽 귀밑털을 슬퍼하는데
빈 방에 밤은 깊어서 열시를 넘으려고 한다.
비가 내리는 산 속에서 나무 열매는 떨어지고
등불 어둔 아래로 풀벌레 울음소리 부른다.

빛깔 흰 머리털은 끝까지 검게 되기 어렵고
금덩어리는 그와 같이 이루어지지 않는다.
몸이 늙거나 병들게 됨이 없음을 알고 싶다면
오직 삶이 없다는 것을 배우는 것밖에 없다네.

701년에 태어나서 761년에 이 세상을 떠났다고 알려져 있다. 산서성 (山西省) 태원(太原) 사람이라고 한다. 그는 조숙한 천재로서 9세 무렵부터 시를 지었는데, 21세에 진사과에 급제하였고 40여 년 동안이나 벼슬살이를 했다고 한다. 안녹산의 난 때에는 반란군에게 포로가 되어 죽을 고비를 넘기기도 했다고 전한다. 벼슬 말년에 상서우승(尙書右丞)이 되었으며 벼슬은 순탄했으나 가정은 불행하여 30세 전후에 상처했다고 알려져 있다. 그는 시뿐만 아니라 음악도 깊었고 그림에도 뛰어났다고 한다. 시집 6권이 있다. 남종화의 시조라고 하며, 자(字)는 '마힐'(摩詰)이다.

낡으면 고장이 난다

김 재 황

우리는 왜 아프고 괴로움을 지니는가,
모두가 바뀌는데 거스르기 힘이 든다,
낡으면 고장 생김을 스스로가 알아라.

027

원문 **田家春望**(전가춘망)

高適(고적)

出門何所見(출문하소견) 春色滿平蕪(춘색만평무)
可歎無知己(가탄무지기) 高陽一酒徒(고양일주도)

녹시역 밭 일구는 집에서 봄을 엿보다

고적

대문을 나서면 눈에 보이는 바가 무언가
봄 빛깔이 들풀 우거진 들판에 가득하다.
가히 나를 알아주는 이 없어서 한숨이니
고양 땅에서 오로지 술 마시는 무리라네.

702년에 태어나서 765년에 이 세상을 떠났다고 알려져 있다. 하북성 (河北省) 창주(滄州) 사람이라고 한다. 젊었을 때 이백(李白)과 두보(杜甫) 등을 사귀었다고 한다. 일찍부터 벼슬길에 들어서 간의대부(諫議大夫)와 서천절도사(西川節度使)와 형부시랑(刑部侍郞) 및 좌산기상시(左散騎常侍) 등을 거쳤다고 한다. 나이 50세가 되어서 시를 짓기 시작했으나 왕유(王維) 등과 병칭(幷稱)되었다고도 한다. 그의 시는 호쾌하면서도 침통하다는 평을 받는다. 자(字)는 '달부'(達夫)이다.

녹시가 시조 한 수

믿음으로 사귀는 벗

김재황

귀한 벗 사귀는 데 믿음이면 족한 것을,
술로써 마음 살 때 돌아섬도 쉽고 쉽다,
이 땅엔 버려야만 할 나쁜 벗도 있느니.

028

원문 山下晚晴(산하만청)

崔曙(최서)

寥寥遠天靜(요요원천정) 溪路何空濛(계로하공몽)
斜光照疏雨(사광조소우) 秋氣生白虹(추기생백홍)

雲盡山色暝(운진산색명) 蕭條西北風(소조서북풍)
故林歸宿處(고림귀숙처) 一葉下梧桐(일엽하오동)

녹시역 산 아래 해질 무렵 비가 그치다

최서

아득히 먼 하늘 맑아서 몹시 쓸쓸한데
산골짜기 길은 어찌 비어서 흐릿한가,
비스듬한 빛이 성기게 오는 비 비추고
가을 기운에 하얀 무지개가 일어선다.

구름이 걷힌 산 빛깔은 어둑어둑하고
쓸쓸한 가지에는 북서쪽에서 오는 바람
이미 지난 옛 숲은 돌아가서 머무는 곳
잎사귀 하나 떨어지니 바로 오동이라네.

704년에 태어나서 739년에 이 세상을 떠났다고 알려져 있다. 하남성(河南省) 동부(東部) 사람이라고 한다. 현종 개원(開元) 26년인 738년에 진사과에 급제하여 진사가 되었다고 한다. 어렵게 과거에 급제하고 그 다음해에 숨을 거두었다니, 너무나 안타까운 일이다. 이상은(李商隱)이라는 사람은 그에 대하여 다음과 같은 말을 남겼다고 한다. "그의 시는 말이 간결하고 정이 슬퍼서 눈물이 흐른다." 그 이외의 사적에 대해서는 알려진 바가 없다. 시집 1권을 남겼을 뿐이다.

녹시가 시조 한 수

오동 잎 떨어질 때

김 재 황

가을 비 쏟고 나면 떠나는 길 흐릿하고
저 산에 어둑한 숲 바쁜 바람 머무는데
오동 잎 떨어질 때에 내 가슴은 헐린다.

029

入若耶溪(입약야계)

崔顥(최호)

輕舟去何疾(경주거하질) 已到雲林境(이도운림경)
起坐雲鳥間(기좌운조간) 動搖山水影(동요산수영)

巖中響自答(암중향자답) 溪裏言彌靜(계리언미정)
事事令人幽(사사영인유) 停橈向餘景(정요향여경)

녹시역

서시 빨래터인 시내로 들어가며

최호

가벼운 배가 어찌 괴롭게 떠나는가,
이미 구름과 숲의 가운데 이르렀네.
일어나서 구름과 새 사이에 앉으니
산과 물의 그림자가 움직여 오른다.

바위 중에 메아리가 스스로 답하고
산골 깊으니 말소리 두루두루 맑다.
일마다 사람으로 하여금 깊게 하니
노질을 멈추고서 남은 경치 향한다.

704년에 태어나서 754년에 이 세상을 떠났다고 알려져 있다. 하남성 (河南省) 개봉(開封) 사람이라고 한다. 젊어서는 도박을 즐겼다고 하며 주색에까지 깊이 빠졌다고 하는데, 특히 바둑과 술을 즐겼다고 전해지고 있다. 그에 따라 처음에는 시(詩)도 경박하였다고 하나, 오래지 않아서 정신을 차리고 그 모두를 버렸기에 나이가 들어서는 풍골(風骨)이 뛰어난 시(詩)를 지었다고 전한다. 개원 11년에 진사가 되었다고 하며, 벼슬은 고작 사동원외랑(司動員外郎)에 이르고 끝냈다는데, 시집 1권이 남아 있다. 자(字)는 있는지 없는지도 알 수 없다.

녹시가 시조 한 수

서시 빨래터에

김 재 황

물살이 닿을 때에 그 손길은 느껴지고
골 깊게 흐른 물에 목소리도 들리더니
비치는 구름 사이에 달빛 얼굴 보인다.

030

[원문] 隨流水居(수류수거)

劉眘虛(유신허)

道由白雲盡(도유백운진) 春與淸溪長(춘여청계장)
時有落花至(시유낙화지) 遠隨流水香(원수유수향)

閒門向山路(한문향산로) 深柳讀書堂(심류독서당)
幽映每白日(유영매백일) 淸輝照衣裳(청휘조의상)

[녹시역] 흐르는 물을 따라 살다

유신허

길은 흰 구름으로 말미암아 다하고
봄은 맑은 시냇물의 늘임을 따른다.
때맞추어 떨어지는 꽃 닿음이 있어
흐르는 물을 따라 향기로움이 멀다.

한가한 문은 산에 난 길을 향하는데
책 읽는 집이 버드나무를 깊게 한다.
자주 대낮에 해가 그윽하게 비치고
맑은 빛이 저고리와 치마를 비춘다.

740년에 태어나서 745년에 이 세상을 떠났다고 알려져 있다. 강서성 ⑷西省) 봉신현(奉新縣) 사람이라는 말도 있고, 강동(江東) 사람이라는 말도 있다. 개원 11년인 723년에 진사에 급제하였고 숭문관교서랑(崇文館校書郞) 및 하현(夏縣)의 현령(縣令)을 지냈다고 전한다. 맹호연(孟浩然)과 왕창령(王昌齡)을 벗했다고 한다. 이 작품은 원래 제목이 '무제'(無題)였는데, 이는 독자가 제목을 알아서 하라는 뜻이라고 여겨서 누군가 '수류수거'(隨流水居)라고 붙였다고 본다. 그의 시는 정흥(情興)이 유원(幽遠)하다는 평을 듣는다. 시집 1권이 있다. 자(字)는 '전을'(全乙)이다.

산골에 살면

김 재 황

냇물이 길게 되면 봄도 또한 깊어지고
피는 꽃 가득하니 산골짝에 짙은 향기
흐르듯 물 따라 사는 마음가짐 족하다.

031

원문 昭君墓(소군묘)

常建(상건)

漢宮豈不死(한궁기불사) 異域傷獨沒(이역상독몰)
萬里馱黃金(만리타황금) 娥眉爲枯骨(아미위고골)

廻車夜齣塞(회거야출새) 立馬皆不發(입마개불발)
共恨丹靑人(공한단청인) 墳上哭明月(분상곡명월)

녹시역 흉노로 시집간 왕소군 무덤

상건

한나라 궁궐에서 어찌해 죽지 못하고
남의 나라 땅에서 홀로 다하여 가엾다.
아주 먼 곳으로 황금을 실어 보냈는데
아름다운 모습은 말라버린 뼈가 됐네.

밤에 수레를 돌려 변방을 물러나는데
말을 세우고 모두 함께 떠나지 못한다.
그림 그린 이를 함께 탓하여 미워하며
달은 밝은데 무덤에 울음소리 올린다.

708년에 태어나서 765년에 이 세상을 떠났다고 알려져 있다. 젊어서 진사시험에 합격하였다고 하는데, 관직은 오직 우이위(盱眙尉)에 그쳤다고 한다. 그래서 여러 사람들이 그의 재능을 아까워했다고 전한다. 그의 시는 그 경지가 그윽하였으며, 오언시(五言詩)를 많이 지었고 산림(山林)과 사관(寺觀)을 제재로 한 작품이 많다고 한다. 뜻이 높고 멀어서 맹호연(孟浩然)과 왕유(王維) 등의 시에 가깝다는 평을 듣는다. 시집 1권이 있다. 그가, 왕소군의 무덤이 있는 내몽골의 청총(青塚)을 찾고 그곳에서 이 시를 지었다고 한다. 자(字)와 호(號)는 알려져 있지 않다.

녹시가 시조 한 수

왕소군을 애처로워하며

김 재 황

바라는 화공에게 검은 돈을 안 줬기에
심술로 손 놀려서 못생기게 그린 얼굴
그 일에 운명 갈리니 실향민이 되었네.

032

원문 春怨(춘원)

金昌緒(김창서)

打起黃鶯兒(타기황앵아) 莫敎枝上啼(막교지상제)
啼時驚妾夢(제시경첩몽) 不得到遼西(부득도료서)

 젊을 때를 못마땅하게 여기다

김창서

노란 꾀꼬리 툭툭 쳐서 날아가게 하여
나뭇가지 위에서 지저귀지 못하게 해요.
지저귈 때에 내 꿈이 깜짝 놀라서 깨면
임 계신 요서에 이르는 것 얻지 못해요.

언제 태어나서 언제 이 세상을 떠났는지 알려져 있지 않다. 다만, 중당 (中唐: 766~835) 시인이라고 본다. 절강성(浙江省) 여항현(餘杭縣) 사람이라고 한다. 개원(開元) 연간의 시인이라고 본다. 유장경(劉長卿)의 시 가운데 '송김창종귀전당'(送金昌宗歸錢塘)이라는 시제가 있는데 이로 말미암아 김창종(金昌宗)의 형제로 보기도 한다. 시 한 수가 남아 있을 뿐이다. 이 시는, 수자리에 나간 남편을 그리는, 규원시(閨怨詩)로서 많은 사람들에게 사랑을 받아 왔다.

부부가 만나는 꿈

김 재 황

남편을 먼 곳으로 떠난 보낸 아내 마음
밤 깊은 꿈에서나 만나 보길 안 원할까
숲에서 우는 꾀꼬리 정말 그 맘 모르네.

033

秋日(추일)

耿湋(경위)

返照入閭巷(반조입여항) 憂來誰共語(우래수공어)
古道少人行(고도소인행) 秋風動禾黍(추풍동화서)

나뭇잎이 떨어지는 가을날에

경위

저녁때의 햇빛은 마을 거리에 스며드는데
시름이 오고 나면 누구와 함께 이야기할까
오래된 길에는 걸어 다니는 사람이 드물고
가을에 부는 바람이 벼와 기장을 뒤흔든다.

734년에 태어나서 787년에 이 세상을 떠났다고는 하나, 확실하지 않다. 그저 하동(河東) 사람이라고 한다. 736년에 과거에 급제하여 진사가 되고 대리사법(大理司法) 및 좌습유(左拾遺)의 벼슬살이를 했다고 한다. 그는 전기(錢起)와 노륜(盧綸) 및 사공서(司空曙) 등과 교유가 있었다고 전한다. 그뿐만 아니라, 장안의 귀족들과 사귀면서 시를 지으며 증답(贈答)했다고도 한다. 그렇기에 대력 십재자(大曆 十才子) 중의 한 사람이라고 알려져 있다. 자(字)는 '홍원'(洪原)이라고 한다.

녹시가 시조 한 수

구절초 앞에서

김 재 황

가을이 오고 보면 모든 이가 시름겹고
소매에 바람 들면 깊은 하늘 차가운데
구절초 만난 자리에 마주 웃음 여누나.

034

원문

南樓望(남루망)

盧僎(노선)

去國三巴遠(거국삼파원) 登樓萬里春(등루만리춘)
傷心江上客(상심강상객) 不是故鄉人(불시고향인)

녹시역

남쪽 다락집에서 멀리 내다보다

노선

나라를 떠나서 사천까지 먼 길을 쉬엄쉬엄
다락집에 올라가니 머나먼 곳이 봄이구나,
강을 내려다보는 나그네 이지러진 마음이여
고향에 살고 있는 사람은 이와는 다르다네.

태어난 연대는 알 수 없으나, 708년에 이 세상을 떠났다고 알려져 있다. 상주(相州) 임장(臨障) 사람이라고 한다. 이부원외랑(吏部員外郎)이라는 벼슬살이를 했다고 전한다. '도중구호'(途中口號) '분상경추'(汾上驚秋) '임천송별'(臨川送別) 등 14수의 시가 있다. 이는, 시인이 고향인 장안을 떠나서 사천성(四川省)의 보령성(保寧城) 남쪽에 있는 다락집 위로 올라서 지은 시(詩)라고 여겨진다. 삼파(三巴)는 '파군'(巴郡) '파동'(巴東) '파서'(巴西)를 말한다는데 파강(巴江) 근처 지역일 것 같다.

봄인들 봄일까

김 재 황

낯선 곳 다다르면 모든 이가 나그네고
아무리 봄이 와도 그 마음은 겨울이라
저 달빛 비친 강가를 산책하면 탈나오.

035

원문

子夜四時歌·春歌(자야사시가·춘가)

郭震(곽진)

陌頭楊柳枝(맥두양류지) 已被春風吹(이피춘풍취)
妾心正斷絶(첩심정단절) 君懷那得知(군회나득지)

녹시역

자야의 사철 노래- 봄노래

곽진

길거리에 서 있는 버드나무 가지로
이미 봄바람의 부추김이 미치는구나,
내 마음은 정말 이어짐이 끊어지니
당신의 마음을 어찌 알 수 있나요?

656년에 태어나서 713년에 이 세상을 떠났다고 알려져 있다. 위주(魏州) 귀향(貴鄕) 사람이라고 한다. 18세 때에 과거에 급제하여 진사가 되고 통천(通泉)의 위(尉)로 나아갔는데, 그 후에 양주도독(凉州都督)과 병부상서(兵部尙書)를 거쳐서 대국공(代國公)에 붙여졌다고 한다. 이는, 동진(東晋) 때 '자야'(子夜)라는 여자가 부른 '사시가'(四時歌)를 따라 그가 지은 '4계절'의 노래 중 '봄'의 시(詩)라고 한다. 1집 1권이 남아 있다. 자(字)는 '원진'(元振)이다.

녹시가 시조 한 수

이 봄에 그 마음을

김 재 황

늘어진 버들잎에 닿아 있는 저 봄바람
아득한 연둣빛은 그리운 임 찾는 꿈길
누군들 지닌 마음을 열지 않고 배길까.

원문 憫農 二首(민농 이수)

李紳(이신)

春種一粒粟(춘종일립속) 秋收萬顆子(추수만과자)
四海無閑田(사해무한전) 農夫猶餓死(농부유아사)

鋤禾日當午(서화일당오) 汗滴禾下土(한적화하토)
誰知盤中餐(수지반중찬) 粒粒皆辛苦(입립개신고)

녹시역 농민을 불쌍히 여기는 두 노래

이신

봄에 조의 작은 씨 한 알 뿌리면
가을에 만 개의 낟알을 거둔다네.
이 넓은 땅에 놀리는 땅은 없건만
지금도 또한 농부는 굶어서 죽네.

밭에서 김을 매다가 한낮이 되면
땀을 조 포기 아래 땅으로 흘리네.
소반에 놓인 밥을 누가 알겠는가,
한 알 한 알이 모두 괴로움이라네.

786년에 태어나서 846년에 이 세상을 떠났다고 알려져 있다. 윤주(潤州) 무석(無錫) 사람이라고 한다. 과거 시험에 급제하여 진사가 된 후에 국자감(國子監) 조교(助教)를 지냈고 우습유(右拾遺)와 한림학사(翰林學士) 및 중서사인(中書舍人) 등의 직책을 맡기도 했으며, 다시 중서시랑(中書侍郞)과 동평장사(同平章事) 등에 이르렀다고 한다. 일설에는 회남절도사(淮南節度使)도 역임했다고 한다. 저서 '추석유집'(追惜遊集) 3권이 전하여지고 있다. 자(字)는 '공수'(公垂)이다.

녹시가 시조 한 수

떳떳한 마음뿐

김 재 황

농부가 지닌 삶은 어느 때나 힘들다오,
땀나게 일을 해도 얻는 것은 조금인데
하늘을 바라볼 때에 떳떳한 맘 그것뿐.

浮石瀨(부석뢰)

劉長卿(유장경)

秋月照瀟湘(추월조소상) 月明聞盪槳(월명문탕장)
石橫晚瀨急(석횡만뢰급) 水落寒沙廣(수락한사광)

衆嶺猿嘯垂(중령원소수) 空江人語響(공강인어향)
淸輝朝復暮(청휘조부모) 如待扁舟賞(여대편주상)

'뜬 돌'이라는 이름의 여울

유장경

가을 달은 '소상'이라는 강을 비추는데
상앗대 젓는 소리에 달이 휘영청 밝다.
돌이 가로 놓여서 늦은 여울은 빠르고
물이 떨어지니 오싹한 모래밭이 넓다.

여러 봉우리에 원숭이 소리 드리우고
쓸쓸한 강에는 사람 말소리 메아리친다.
밤을 뒤집으니 아침이 맑고 빛나는데
기다림과 같이, 얕고 낮은 배를 기린다.

710년에 태어나서 785년에 이 세상을 떠났다고 알려져 있다. 일설에
는 725년에 출생하여 791년에 죽었다고도 한다. 하북성(河北省) 하간(河
間) 사람이라고도 하고 안휘성(安徽省) 선성(宣城) 사람이라고도 한다. 개
원 21년에 과거에 급제하여 진사가 되었고, 지덕연간(至德年間)에 감찰
어사(監察御史)가 되었다가 파주(播州) 남읍위(南邑尉)로 좌천되었으나 다
시 목주사마(睦州司馬)가 되었으며 수주자사(隨州刺史)에까지 올랐다고
전한다. 젊었을 때 낙양(洛陽) 남쪽의 숭양(嵩陽)에서 밭 갈고 씨 뿌리며
살았다고 한다. 시집 10권이 전한다. 자(字)는 '문방'(文房)이다.

전철로 한강을 건너며

김재황

꽃 피는 봄날인데 벗은 물살 주름지고
길고 긴 가뭄으로 그 가슴도 여위었네,
여태껏 날 키운 강물 바라보니 눈물이.

038

월야 月夜(월야)

劉方平(유방평)

更深月色半入家(경심월색반입가) 北斗闌干南斗斜(북두란간남두사)
今夜偏知春氣暖(금야편지춘기난) 蟲聲新透綠紗窓(충성신투녹사창)

달이 밝게 빛나는 밤

유방평

새롭게 깊은 밤에 달빛이 반쯤 집에 들었고
북두성은 함부로 막고 남두성은 비스듬하다.
오늘밤은 봄기운이 따뜻함을 치우쳐 아는데
벌레 소리가 녹색 깁창을 새로 뚫고 지나네.

710년에 태어났다고 하며, 이 세상을 떠난 해는 알려지지 않고 있다. 하남성(河南省) 낙양(洛陽) 사람이라고 한다. 천보(天寶)와 대력(大曆) 사이에 활동하였을 것으로 추측되고 있다. 시와 그림에 뛰어났다고 전한다. 초년시절에 과거에 급제하여 벼슬을 얻었으나, 30여 세에 관직을 버리고 영양(潁陽)에 은거하였다고 한다. 작품이 청려(淸麗)하고 염담(恬淡)하다는 평을 듣는다. '월야'(月夜)를 비롯하여 '춘원'(春怨) '장신궁'(長信宮) 등의 작품이 남아 있다. 자(字)나 호(號)는 알 수 없다.

파묻혀서 살면

김재황

스스로 산골 가서 바람 소리 벗 삼으면
달빛이 창문 안에 여윈 손을 넣을 텐데
봄 흔든 벌레 소리야 싫을 것도 없으리.

039

원문 **遊龍門奉仙寺**(유용문봉선사)

杜甫(두보)

已從招提遊(이종초제유) 更宿招提境(경숙초제경)
陰壑生靈籟(음학생령뢰) 月林散淸影(월림산청영)

天闕象緯逼(천궐상위핍) 雲臥衣裳冷(운와의상랭)
欲覺聞晨鐘(욕교문신종) 令人發深省(영인발심성)

녹시역 용문에 있는 봉선사에서 놀며

두보

이미 '깊은 절'로 나아가서 놀았는데
다시 그 절의 경내에서 하룻밤을 잔다.
그늘진 골짝에서 신령스런 소리 나고
달빛 스민 숲에 맑은 그림자 흩어진다.

하늘 궁궐은 일원 오성을 다그치는데
구름 속에 누웠으니 입은 옷이 차다.
새벽 종소리를 듣고 깨어나려고 하니
사람이 깊은 깨달음을 들추게 만든다.

712년에 태어나서 770년에 이 세상을 떠났다고 알려져 있다. 하남성 (河南省) 사람이라고 한다. 그는 과거에 급제한 기록이 없고, 36세에 장 안(長安)으로 나갔으며, 40세에 집현전시랑(集賢殿侍郎)이 되었다가 44세 에 병조참군사(兵曹參軍事)가 되었다고 한다. 안녹산의 반란이 일어났을 때에는 좌습유(左拾遺)에 임명되고 46세 때에 우습유(右拾遺)가 되었다가 얼마 되지 않아서 화주(華州)로 좌천되었다고도 하며, 친우의 도움으로 '완화초당'(浣花草堂)을 짓고 살다가 다른 벼슬을 조금 살고 호남(湖南)으 로 가서 59세에 죽었다고 한다. 이백과 쌍벽을 이루는 시인으로, 이백 을 시선(詩仙)이라고 했으며, 두보는 시성(詩聖)이라고 불렸다. 자1는 '자 미'(子美)이고 호(號)는 소릉(少陵)이다. '두공부집'(杜工部集) 20권이 전해지 고 있다.

녹시가 시조 한 수

나도 절에서

김재황

먼 숲에 숨은 절로 들어가서 손 모으니
물소린 나를 씻고 바람 소린 나를 닦네,
바위 끝 바로 앉으면 그 부처님 오실까?

040

원문 寄左省杜拾遺(기좌성두습유)

岑參(잠삼)

聯步趨丹陛(연보추단폐) 分曹限紫微(분조한자미)
曉隨天仗入(효수천장입) 暮惹御香歸(모야어향귀)

白髮悲花落(백발비화락) 青雲羨鳥飛(청운선조비)
聖朝無闕事(성조무궐사) 自覺諫書稀(자각간서희)

녹시역 좌성의 두습유에게 보내다

잠삼

붉은 계단을 성큼성큼 함께 오르는데
나누어진 관서는 자미성에서 헤아린다.
동틀 무렵에 호위대 따라서 들어가고
해질 무렵에 임금 향기 끌고 돌아온다.

흰 머리여서 꽃이 떨어짐을 슬퍼하고
푸른 구름으로 새 나는 것을 탐낸다.
성스러운 조정엔 잘못하는 게 없기에
간하는 글이 적음을 스스로 깨닫는다.

715년에 태어나서 770년에 이 세상을 떠났다고 알려져 있다. 호북성(湖北省) 강릉(江陵) 출신이라고 한다. 처음에 남양(南陽)에 살다가 뒤에 형주(荊州)의 '강릉'으로 옮겼다고 한다. 744년에 진사가 되었고, 그 후에 사천(四川)의 가주자사(嘉州刺史)가 되었으며, 그로 말미암아 세상에서 '잠가주'(岑嘉州)라는 이름으로 불렀다고 전한다. '안서(安西)절도사의 서기관으로 두 번이나 북서 변경 요새의 사막지대에 종군한 체험'을 바탕으로 쓴 그의 '새외시'(塞外詩)는 '이국정서의 풍부한 상상력'을 지녔다는 찬사를 받는다. 그러나 그는 슬프게도 촉(蜀)의 성도(成都)에서 객사했다고 전한다. 현재 400여 수의 작품이 전하여지고 있다. 자(字)는 알지 못한다.

나도 있지, 그런 벗

김재황

벗하는 두 사람이 일터까지 한 곳이면
가슴에 그 우정이 두 겹으로 쌓였겠지
일터는 다르더라도 그런 벗이 또 있네.

3

'모이는 집, 이라는 이름의 여울

041

원문 欒家瀨(란가뢰)

裵迪(배적)

瀨聲喧極浦(뢰성훤극포) 沿涉向南津(연섭향남진)
泛泛鳬鷗渡(범범부구도) 時時欲近人(시시욕근인)

녹시역 '모이는 집'이라는 이름의 여울

배적

여울 소리는 떨어진 개펄에 떠들썩한데
남쪽을 향한 나루터를 따라 돌아다닌다,
오리와 갈매기는 데면데면 물을 건너며
때에 따라서 사람을 가까이하려고 한다.

태어난 시기는 알 수가 없고, 716년에 이 세상을 떠났다고만 기록되어 있다. 관중(關中) 사람이라고 한다. 천보(天寶) 이후에 벼슬살이를 했다고 하는데 그 지위가 '촉주자사'(蜀州刺史)였다고 한다. 그는 특히 '왕유'(王維)와 최흥종(崔興宗)을 가까이했으며 한가할 때는 종남산1에 머물면서 시 짓기를 즐겼다고 전한다. 그의 시는 맑고 고우며 고고하다는 평을 듣는다. 자(字)와 호(號)는 알 수 없다.

녹시가 시조 한 수

오리들 마음

김 재 황

봄빛이 호수 위에 가득 퍼진 아침 한때
아득히 물결 타고 놀고 있는 저 오리들
착한 맘 지닌 사람을 그들 또한 따른다.

042

원문 石井(석정)

錢起(전기)

片霞照仙井(편하조선정) 泉底桃花紅(천저도화홍)
那知幽石下(나지유석하) 不與武陵通(불여무릉통)

녹시역 벽을 돌로 쌓은 우물

전기

조각 노을은 알지 못할 우물에 비치고
솟는 샘 바닥은 복숭아나무 꽃이 붉다.
피하여 숨은 돌 아래를 어찌 알겠는가,
신선이 사는 곳과 두루 닿지 않는지를.

722년에 태어나서 780년에 이 세상을 떠났다고 알려져 있다. 절강성 (浙江省) 오흥(吳興) 사람이라고 한다. 751년에 진사 시험에 급제한 후, 교서랑(校書郎)과 현위(縣尉)를 거친 다음에 고공낭중(考功郎中)에 이르렀다고 한다. 그 후(766~779)에 대청궁사(大淸宮使)와 한림학사(翰林學士)까지 되었다고 한다. 시가 맑고 새롭고 수려하여 대력십재자(大曆十才子)로 알려졌다. '전랑'(錢郎)이라고 병칭되었는데, '랑'은 낭사원(郎士元)이고 '전'이 전기(錢起)이다. 자(字)는 '중문'(仲文)이다.

사는 게 신비롭다

김재황

목숨을 지녔으면 마실 물은 있어야지
아무리 저녁놀이 깊은 바닥 비치어도
산다는 그것 하나가 신비롭게 안긴다.

043

원문 # 石魚湖上醉歌(석어호상취가)

元結(원결)

石魚湖(석어호) 似洞庭(사동정) 夏水欲滿君山靑(하수욕만군산청)
山爲樽(산위준) 水爲沼(수위소) 酒徒歷歷坐洲島(주도력력좌주도)

長風連日作大浪(장풍련일작대랑) 不能廢人運酒舫(불능폐인운주방)
我持長瓢坐巴邱(아지장표좌파구) 酌飮四座以散愁(작음사좌이산수)

녹시역 # 석어호 위의 취한 노래

원결

돌 물고기 호수는 마치 골의 뜰과 같은데
여름 물은 가득하기 바라니 군산은 푸르다.
산은 술통을 삼고 물은 굽은 못을 삼으니
술꾼들은 모두모두 모래 쌓인 섬에 앉았네.

긴 바람이 날을 이어 큰 물결을 일으켜도
남이 방주로 술 실어 옴을 없앨 수 없네.
나는 긴 바가지 가지고 파구산에 앉아서
네 곳 따르고 마심은 시름 흩으려는 까닭.

723년에 태어나서 772년에 이 세상을 떠났다고 알려져 있다. 무창(武昌) 사람이라고도 하고 하남(河南) 출신이라고도 한다. 천보(天寶) 때에 대과에 급제하여 벼슬이 '도주자사'(道州刺史) 및 '용관경략사'(容管經略使)에 이르렀다고 한다. 일설에는 754년에 진사가 되었다고도 한다. 성품이 고결하고 우국의 충정이 넘쳤다는 평을 듣는다. 그의 시는 전란으로 말미암은 백성의 고통과 사회상에 눈길을 돌린 침통한 작품들이 많았다고 한다. 저서로 '차산집'(次山集)과 '협중집'(篋中集)이 전하여지고 있다. 자(字)는 '차산'(次山)이고 '호'(號)는 '의간자'(猗玕子) '낭사'(浪士) '만랑'(漫郎) '오수'(聱叟) 등으로 불렸다고 전한다.

누구나 술 앞에서

김재황

젊었을 그때에는 술 자랑을 하게 되고
늙으면 술 앞에서 잔소리만 하게 되지
맘과 몸 따로따로니 어찌할 수 없구나.

044

원문 山館(산관)

皇甫冉(황보염)

山館長寂寂(산관장적적) 閒雲朝夕來(한운조석래)
空庭復何有(공정부하유) 落日照靑苔(낙일조청태)

녹시역 산에 차려 놓은 객사

황보염

산에 차려 놓은 객사는 언제나 조용한데
한가한 구름만이 아침과 저녁으로 온다.
비어 있는 뜰에는 또다시 무엇이 있는가,
떨어지는 햇빛이 푸른빛 이끼를 비추네.

723년에 태어나서 769년에 이 세상을 떠났다고 알려져 있다. 안정(安定) 사람이라고 한다. 나중에 윤주(潤州) 단양(丹陽)으로 가서 살았다고 전한다. 동생 황보증(皇甫曾)과 함께 재명(才名)이 알려졌다고 하는데, 10살 때에 시문(詩文)을 지었다고 한다. 천보 15년에 진사가 되고 무석현위(無錫縣尉)의 벼슬을 했으며 그 후 조정으로 가서 좌습유(左拾遺)가 되었고 우보궐(右補闕)로 승진했으며, 769년 단양으로 귀성(歸省)을 갔다가 그곳에서 숨졌다고 한다. 자(字)는 '무정'(茂政)이다.

녹시가 시조 한 수

산에서 하룻밤을

김재황

조용한 산 속에서 하룻밤을 묵고 싶어
가만히 눈을 감고 마음으로 산 오르니
어느새 바람 소리가 날 밀치고 앞선다.

045

원문 楓橋夜泊(풍교야박)

張繼(장계)

月落烏啼霜滿天(월락오제상만천) 江楓漁火對愁眠(강풍어화대수면)
姑蘇城外寒山寺(고소성외한산사) 夜半鍾聲到客船(야반종성도객선)

녹시역 단풍나무 다리에서 밤을 머무르다

장계

달 지고 까마귀 울며 서리는 하늘에 가득한데
강가 단풍과 고기잡이불은 시름에 졸며 만난다.
'시어머니 쉬는 성' 밖에 있는 '시린 산의 절'
한밤중 종소리는 나그네가 탄 배에 이르는구나.

태어난 해와 숨을 거둔 해가 알려지지 않았다. 지금의 호북성(湖北省) 양양현(襄陽縣) 또는 하남성(河南省) 남양현(南陽縣) 사람이라고 한다. 이 시는 그의 나이 56세 때에 지었다고 한다. 과거시험에 낙방하고 고향으로 돌아가던 길에 풍교 근처의 부두에서였다고 전한다. 풍교는 강소성(江蘇省) 오현(吳縣) 창문(閶門) 밖의 10리쯤에 있다고 한다. 옛 이름은 '봉교'(封橋). 그 후 753(천보 12년)년에 진사과에 급제하여 강남에서 염철판관(鹽鐵判官)을 지냈다고 한다. 자(字)는 '의손'(懿孫)이다.

녹시가 시조 한 수

나그네 타는 마음을

김 재 황

날개를 꺾였으니 고향 가긴 어려운 일
저무는 나루에는 고운 놀빛 물든 단풍
나그네 타는 마음을 우는 종이 보태네.

046

원문 宮詞(궁사)

顧況(고황)

玉樓天半起笙歌(옥루천반기생가) 風送宮嬪笑語和(풍송궁빈소어화)
月殿影開聞夜漏(월전영개문야루) 水精簾捲近秋河(수정렴권근추하)

녹시역 궁중의 사정을 읊은 시

고황

높은 하늘 고운 누각에 악기와 노래 일어나고
궁녀들 어울린 웃음과 말을 바람이 보내주네.
달빛 궁전에 그림자 열리고 밤 물시계 듣는데
수정으로 된 발을 걷으니 가을 은하수 가깝다.

727년에 태어나서 815년에 이 세상을 떠났다고 한다. 그러나 죽은 해가 확실하지 않다. 강소성(江蘇省) 해염(海鹽) 사람이라고 한다. 숙종 때(757년)에 진사가 되고, 벼슬은 처음에 한황(韓滉)의 강남판관(江南判官)이 되었다가 그 후에 저작랑(著作郞)이 되었다고 전한다. 마음에 들지 않아서 벼슬을 사직하고 모산(茅山)에 숨어 살았다고 한다. 성격은 해학적이고 행실은 소탈했다는 말을 듣는다. 시와 산수화에 능했다고 말한다. 자(字)는 '포옹'(逋翁)이고 호(號)는 '화양산인'(華陽山人)이다.

밤하늘 뜨는 별처럼

김재항

아무리 그 궁전이 넓고 밝고 아늑해도
궁녀들 지닌 마음 어찌 그리 기쁘겠소?
밤하늘 뜨는 별처럼 시린 시름 많겠지.

047

원문 尋陸鴻漸不遇(심육홍점불우)

                                        皎然(교연)

移家雖帶郭(이가수대곽) 野徑入桑麻(야경입상마)
近種籬邊菊(근종리변국) 秋來未著花(추래미저화)

叩門無犬吠(고문무견폐) 欲去問西家(욕거문서가)
報到山中去(보도산중거) 歸來每日斜(귀래매일사)

녹시역 육홍점을 찾았는데 만나지 못하다

                                        교연

옮긴 집 비록 성곽을 몸에 둘렀으나
들에 난 지름길은 뽕밭과 삼밭 들고
울 주위에 국화는 얼마 전 심었는지
가을 와도 아직 꽃을 피우지 않았네.

문을 두드렸으나 개도 짖음이 없어서
떠나려고 하다가 서쪽 집에 물었더니
알림이 이르기를 산 안으로 들어가서
언제나 해가 비끼게 돼야 돌아온다네.

724년에 태어나서 799년에 이 세상을 떠났다고 알려져 있다. 장성(長城) 사람이라고도 하고 오흥(吳興) 사람이라고도 한다. 스님인데, 속명은 '사'(謝)이다. 처음 입도하였을 때는 저산(杼山) 묘희사(妙喜寺)에 거주하면서 '영철'(靈撤)과 '육우'(陸羽) 등과 함께 수련을 했다고 전한다. 이 시의 제목에 들어 있는 '육홍점'에서 '홍점'이 바로 '육우'의 자(字)라고 한다. 시문(詩文)에 능하다는 세상 사람들의 평을 듣는다. 일찍이 태자(太子)에게 문학을 가르쳤지만 벼슬길에는 나가지 않았다고 한다. 자(字)를 '청주'(淸晝)라고 한다.

듣기 마냥 좋아서

김 재 황

그 옛날 어릴 때에 누에치기 본 적 있지
비 오듯 요란한 게 뽕잎 먹는 누에 소리
내 귀에 듣기 좋아서 발 옮길 수 없었지.

048

원문 江鄕故人偶集客舍(강향고인우집객사)

戴叔倫(대숙륜)

天秋月又滿(천추월우만) 城闕夜千重(성궐야천중)
還作江南會(환작강남회) 翻疑夢裡逢(번의몽리봉)

風枝驚暗鵲(풍지경암작) 露草覆寒蟲(로초복한충)
羈旅長堪醉(기려장감취) 相留畏曉鍾(상류외효종)

녹시역 강마을 집에 우연히 옛 벗들이 모여서

대숙륜

하늘은 가을인데 달은 거듭 가득 차고
나라 성채에는 밤 무게가 매우 무겁다.
돌아옴을 일으켜서 강남에서 모여드니
꿈에서 번드치듯 속마음이 서로 맞네.

바람 든 가지에서 어둔 까치 놀라는데
이슬 맺은 풀에서 추운 벌레 뒤집한다.
나그네 된 굴레이니 길게 맘껏 취하세
서로 머무름을 새벽 종소리가 으른다.

732년에 태어나서 789년에 이 세상을 떠났다고 알려져 있다. 강소성 (江蘇省) 윤주(潤州) 금단(金壇) 사람이라고 한다. 소영사(蕭穎士)의 학생이었으며, 성정이 온화하였다고 전한다. 일찍이 정원(貞元) 초기에 무주 자사(撫州刺史)와 용관경약사(容管經略使)를 역임했다고 기록되어 있다. 모든 일을 공평무사하게 처리하였으므로 모든 이의 추존을 받았다고 한다. 항주(杭州)에 머물다가 경도로 돌아오는 도중에 객사했다고 하는데, 그때 그의 나이 58세였다고 한다. 문집은 10권이 전하여지고 있다. 자(字)는 '유공'(幼公) 또는 '차공'(次公)이다. 일설에는 이름이 '융'(融)이고 자(字)가 '숙륜'(叔倫)이라고도 한다.

여러 벗이 만났으니

김재황

마음을 비우고서 여러 벗이 만난 자리
집 떠나 외로우니 만남 더욱 정답겠다,
그날엔 술이나 실컷 취하는 게 좋으리.

원문

夕次盱眙縣 (석차우이현)

韋應物 (위응물)

落帆逗淮鎭 (낙범두회진) 停舫臨孤驛 (정방림고역)
浩浩風起波 (호호풍기파) 冥冥日沈夕 (명명일침석)

人歸山郭暗 (인귀산곽암) 雁下蘆洲白 (안하노주백)
獨夜憶秦關 (독야억진관) 聽鍾未眠客 (청종미면객)

녹시역

안휘성 우이 마을에서 밤을 묵으며

위응물

회수 땅에 머물러 펼친 돛을 내리고
외로운 역에 다다라서 배를 멈추었네.
바람이 크고 커서 물결이 일어나는데
해 어둡고 어두워서 밤이 잠기는구나.

산마을에는 어두우니 사람이 돌아오고
기러기는 갈대 하얀 모래톱에 내린다.
홀로 외로운 밤에 진관 땅을 그리는데
종소리가 들리니 손님은 잠 못 이룬다.

736년에 이 세상에 태어났으며 804년에 이 세상을 떠났다고 알려져 있다. 장안(長安) 사람이라고 한다. 위대가(韋待價)의 증손인데, 15세에 당명황(唐明皇)의 시위(侍衛)가 되었다고도 한다. 소주자사(蘇州刺史)의 벼슬자리에 있었기 때문에 '위소주'(韋蘇州)라고도 불렸다고 전한다. 성품이 고결하고 시가 담박하다는 평을 듣는다. 시를 잘 지었고, 전원산림(田園山林)의 고요한 정취를 소재로 삼은 작품이 많다. 왕유(王維)와 맹호연(孟浩然)과 유종원(柳宗元) 등과 함께 '왕맹위류'(王孟韋柳)라는 일컬음을 받았는가 하면, 도연명(陶淵明)과 함께 '도위'(陶韋)로도 불렸다고 한다. 시집 '위소주집'(韋蘇州集) 10권이 전하여지고 있다.

녹시가 시조 한 수

산마을에 묵을 때는

김 재 황

골 깊이 숨은 사람 일찍 자고 늦게 깨지
밝은 해 늦게 뜨고 기우는 해 일찍 지니,
단 하루 머물게 돼도 그 물결을 타야 해.

원문 江村卽事(강촌즉사)

司空曙(사공서)

罷釣歸來不繫船(파조귀래불계선) 江村月落正堪眠(강촌월락정감면)
縱然一夜風吹去(종연일야풍취거) 只在蘆花淺水邊(지재노화천수변)

녹시역 강마을에 갔을 때 듣고 본 일

사공서

낚시질 끝내고 배도 안 맨 채로 돌아왔는데
강마을에는 달이 떨어져서 잠들기 안성맞춤
설사 이 한 밤에 바람이 불고 지나가더라도
다만 그것만 갈대꽃 핀 물가에 그냥 그대로.

740년에 태어나서 790년에 이 세상을 떠났다고 한다. 하북성(河北省) 광평(廣平) 사람이라고 한다. 일찍이 진사과에 급제하였고, 우부낭중(虞部郎中) 벼슬을 지냈다고 한다. 꼿꼿한 성품으로 욕심이 없어서 집안이 가난하였다고 전한다. 대력 연간에 시로써 명성을 얻은 '대력십재자' (大曆十才子)에 들었는데, 뜻이 크고 기이한 재주를 지닌 사람이라는 평을 듣는다. 자(字)는 '문명'(文明) 또는 '문초'(文初)이다.

바람이 안 불더라도

김 재 황

갈대꽃 피었으니 가을 하늘 깊을 텐데
그대는 어찌 그리 낚는 일에 빠졌는지
바람이 안 불더라도 배 있을까 그대로.

拜新月(배신월)

李端(이단)

開簾見新月(개렴견신월) 卽便下階拜(즉편하계배)
細語人不聞(세어인불문) 北風吹裙帶(북풍취군대)

새로 뜬 초승달에 절하다

이단

주렴을 걷으니 새로 뜬 달이 보이고
곧바로 섬돌 아래로 내려가서 절하네.
속삭여 비는 말은 남이 듣지 못하고
북쪽 찬바람이 치마와 띠를 부추기네.

732년에 태어나서 792년에 이 세상을 떠났다고 한다. 하북성(河北省) 조주(趙州) 사람이라고 한다. 어려서 여산(廬山)에 살며 교연(皎然)에게서 시(詩)를 배웠다고 한다. 770년에 진사과 합격으로 진사가 되었으며 교서랑(校書郎)에 올랐으나 병으로 강남의 항주사마(杭州司馬)를 역임한 후에 형산(衡山)에 은거하였다고 전한다. 스스로 '형악유인'(衡岳幽人)이라고 불렀다고 하는데, 대력십재자(大曆十才子) 중의 한 사람이다, 이단 시집(李端詩集) 3권이 있다. 자(字)는 '정기'(正己)이다.

달에게 비는 어머니

김 재 황

새로 뜬 달을 보면 빌고 싶은 마음인데
맑은 물 담아놓고 손을 모은 저 어머니
아들 딸 아무 탈 없길 정성으로 빈다네.

052

원문 同吉中孚夢桃源(동길중부몽도원)

盧綸(노륜)

春雨夜不散(춘우야불산) 夢中山亦陰(몽중산역음) 雲中碧潭水(운중벽담수)
路暗紅花林(노암홍화림) 花水自深淺(화수자심천) 無人知古今(무인지고금)

녹시역 벗과 함께 이상향을 꿈꾸다

노륜

봄에 오는 비는 밤에도 그치지 않고
꿈속에 들어 있는 산 또한 축축하다.
구름 가운데로 푸른 옥빛 못물인데
붉은 꽃 핀 숲에 길이 어둑어둑하네.
꽃과 물이야 스스로 깊거나 얕거니
이를 아는 이는 예나 이제나 없구나.

748년에 태어나서 800년에 이 세상을 떠났다고 알려져 있다. 산서성 (山西省) 포현(蒲縣) 사람이라고 한다. 여러 차례 과거시험을 보았지만 낙방했다고 전한다. 안사(安史)의 난리가 났을 때에 남쪽으로 피하여 가서 파양(鄱陽)에서 살았다고 한다. 재상인 원재(元載)가 그 재주를 아껴서 문향위(閿鄕尉)를 삼았고 후에 감찰어사(監察御史)가 되었으나 병으로 사직했으며 훗날 하중에서 호부랑중(戶部郎中) 등을 역임했다고 한다. 대력십재자 중 하나이고, 자는 '윤언'(允言)이다.

누구나 한 번쯤

김 재 황

누구나 젊었을 때 따르려던 꿈 이야기
산과 골 곁에 두고 바람처럼 구름처럼
가볍게 개울물 위에 복사 꽃잎 띄우는.

053

원문

汴河曲(변하곡)

李益(이익)

汴水東流無限春(변수동류무한춘) 隋家宮闕已成塵(수가궁궐이성진)
行人莫上長堤望(행인막상장제망) 風起楊花愁殺人(풍기양화수쇄인)

녹시역

강에서 '망한 나라'를 슬퍼하는 노래

이익

변하 물은 동쪽으로 흘러서 끝이 없는 봄인데
수나라 멋진 궁궐은 이미 티끌을 이루었구나.
지나는 이여, 긴 둑에 올라서 바라보지 말지니
바람에 버들 꽃 지면 사람을 시름겹게 하리라.

748년에 태어나서 827년에 이 세상을 떠났다고 알려져 있다. 감숙성 (甘肅省) 무위현(武威縣) 사람이라고 하는데, 헌종(憲宗) 때에 예부상서(禮部尙書)에 올랐다고 한다. 중당의 귀재(鬼才)라고 일컫는 '이하'(李賀)와 한 집안 사람으로 그와 함께 이름을 날렸다고 한다. 시가에 능했다고 하며, 그가 한 편의 시를 지을 때마다 악공들이 다투어서 선물을 주고 그 시를 구하여 아악에 실었으며, 천자가 들을 수 있도록 연주해 올렸다고 전한다. 시집 2권이 남아 있다. 자(字)는 '군우'(君虞)이다.

녹시가 시조 한 수

나라가 망한 뒤엔

김 재 황

봄이야 어김없이 때가 되면 또 오지만
나라가 망한 뒤에 다시 영화 있겠는가,
꽃들이 곱게 피어도 예쁜 줄을 모르리.

054

烈女操(열녀조)

孟郊(맹교)

梧桐相待老(오동상대노) 鴛鴦會雙死(원앙회쌍사) 貞女貴殉夫(정녀귀순부)
捨生亦如此(사생역여차) 波瀾誓不起(파란서부기) 妾心古井水(첩심고정수)

맵고 세찬 여자가 다가서다

맹교

오동나무는 서로 기다려서 늙는데
원앙새는 만나서 쌍으로 죽는군요.
정녀는 지아비 따른 죽음이 값지니
삶을 버리는 것 또한 이와 같지요.
맹세컨대 물결 일으키지 않겠으니
제 마음은 예스러운 우물물이어요.

751년에 태어나서 824년에 이 세상을 떠났다고 알려져 있다. 호주(湖州) 무강(武康) 사람이라고 한다. 덕종 때에 진사과에 급제하여 진사가 되었고, 나이 50살이 되어서야 대과에 급제하여 율양위(溧陽尉)가 되었다고 한다. 그는 다스리는 일에 게을리 하여 술과 시로 세월을 보냈다고 전한다. 일설에는 벼슬을 이내 버리고 여생을 불우하게 마쳤다고도 한다. 그의 시(詩)는 그 뜻이 심현우아(深玄優雅)하다는 평을 받는다. 맹동야집(孟東野集) 10권이 있다. 자(字)는 '동야'(東野)이다.

함부로 그 매듭 풀면

김 재 황

수많은 사람 중에 어렵기는 짝 되는 것
둘 사이 안 보이는 끈이 묶인 일이겠지
함부로 그 매듭 풀면 저 하늘이 벌주오.

055

원문 送孔徵士(송공징사)

權德輿(권덕여)

谷口山多處(곡구산다처) 君歸不可尋(군귀불가심)
家貧淸史在(가빈청사재) 身老白雲深(신로백운심)

掃雪開松逕(소설개송경) 疏泉過竹林(소천과죽림)
餘生負丘壑(여생부구학) 相送亦何心(상송역하심)

녹시역 공징사를 보내며

권덕여

곡구라는 고장은 산이 많은 곳인데
그대는 돌아가더라도 찾을 수 없네.
집이 가난해도 푸른 역사에 남겠고
몸은 늙었어도 하얀 구름이 깊구나.

눈을 쓸어서 솔숲에 오솔길 열리면
샘이 트여서 대나무 숲을 지나간다.
남은 삶을 언덕과 골짝에 기대노니
가려 보냄 또한 마음이 어떠하겠나?

759년에 태어나서 818년에 이 세상을 떠났다고 알려져 있다. 감숙성 (甘肅省) 천수현(天水縣) 사람이라고 한다. 덕종(德宗) 때에 좌보궐(左補闕) 또는 태자빈객(太子賓客) 등의 벼슬살이를 했다고 하며, 헌종(憲宗) 때에 는 예부상서동평장사(禮部尙書同平章事)를 지냈다고 전한다. 그 문장은 성당(盛唐)의 풍(風)이 있고 악부시(樂府詩)에 능했다는 평을 듣는다. 자 (字)는 '재지'(載之)이고, 시호(諡號)는 '문공'(文公)이다. 저서로 권문공집(權 文公集)이 있다.

이 몸이 늙었으니

김 재 황

시골로 떠나는 벗 차마 얼른 보내겠나,
늙은이 되었으니 다시 만날 기약 없네,
긴 소매 놓지 못하고 눈시울만 붉힌다.

056

원문 十五夜望月(십오야망월)

王建(왕건)

中庭地白樹棲鴉(중정지백수서아) 冷露無聲濕桂花(냉로무성습계화)
今夜月明人盡望(금야월명인진망) 不知秋思在誰家(부지추사재수가)

녹시역 보름날 밤에 달을 우러러보다

왕건

안뜰 마당은 희고 나무에 까마귀 머무는데
시린 이슬은 소리 없이 계수나무 꽃 적신다.
오늘밤에 밝은 달을 사람이 다 바라보지만
알지 못하네, 가을 시름 누구 집에 있는지.

768년에 태어나서 830년에 이 세상을 떠났다고 알려져 있다. 그러나 그 연도가 확실하지는 않다. 하남성(河南省) 허창(許昌) 사람이라고 한다. 대력(大曆) 때에 위남위(渭南尉)와 협주사마(陝州司馬)를 역임하고 만년에는 함양(咸陽)에 퇴거하였다고 전한다. 신분이 낮고 한직에 그쳤으며 일반 민중의 곤궁한 삶을 잘 이해했기에 그로써 쉬운 표현의 시로 현실을 예리하게 비판하였다고 한다. 악부(樂府)에 능했으며 그의 궁사(宮詞) 100수가 널리 퍼졌다. 자(字)는 '중초'(仲初)이다.

내 마음을 보이려고

김 재 황

보름달 높이 뜨면 누가 아니 바라볼까
그리운 그 얼굴들 거기 모두 담겼기에
내 마음 모두 풀어서 보이고자 하느니.

057

원문 沒蕃故人(몰번고인)

張籍(장적)

前年戌月支(전년수월지) 城下沒全師(성하몰전사)
蕃漢斷消息(번한단소식) 死生長別離(사생장별리)

無人收廢帳(무인수폐장) 歸馬識殘旗(귀마식잔기)
欲祭疑君在(욕제의군재) 天涯哭此時(천애곡차시)

녹시역 '번' 땅에서 하늘로 떠난 옛 사람

장적

지난해 월지 땅에서 나라 끝을 지키다가
성 아래에서 모든 군사가 죽음을 당했지
번 땅과 한나라 사이는 소식이 끊겼는데
죽음과 삶으로 긴 갈리어 헤어짐이 됐네.

버려진 휘장은 거둘 사람조차 없었는데
돌아갈 군마만이 무너진 깃발 아는구나.
제사 지내려고 하나 혹시 그대 살았을까
하늘 끝 바라보는 이때 소리 내어 우네.

768년에 태어나서 830년에 이 세상을 떠났다고 알려져 있다. 하북성(河北省) 복양(濮陽) 사람이라고도 하고 소주(蘇州) 사람이라고도 한다. 정원(貞元) 15년에 진사시험에 급제한 후에 주객낭중(主客郎中)과 국자사업(國子司業) 등의 벼슬살이를 했다고 한다. 두보를 계승하여 신악부 운동에 적극 참여함으로써 중당(中唐) 사회의 부조리를 작품에 반영했기 때문에 왕건(王建)과 짝하여 '장왕악부'(張王樂府)라는 칭송을 들었다고 전한다. 고시(古詩) 서한행초(書翰行草)에 뛰어나다는 평을 듣는다. 장사업시집(張司業詩集)이 있다. 자(字)는 '문창'(文昌)이다.

녹시가 시조 한 수

살아서 못 돌아와야

김재황

오로지 병사들이 해야 할 건 나라 지킴
뜨거운 전쟁 땅에 그 목숨을 바칠 각오
살아서 못 돌아와야 이름 석 자 빛난다.

058

원문 左遷至藍關示姪孫湘(좌천지남관시질손상)

韓愈(한유)

一封朝奏九重天(일봉조주구중천) 夕貶潮州路八千(석폄조주로팔천)
欲爲聖明除弊事(욕위성명제폐사) 肯將衰朽惜殘年(긍장쇠후석잔년)

雲橫秦嶺家何在(운횡진령가하재) 雪擁藍關馬不前(설옹람관마부전)
知汝遠來應有意(지여원래응유의) 好收吾骨瘴江邊(호수오골장강변)

녹시역 좌천되어 남관에 와서 손자 상에게 알림

한유

아침에 한 통의 글을 임금의 궁전에 올렸는데
저녁에 팔천 리가 되는 길의 조주로 내쳐졌다.
천자의 밝음을 위해 나쁜 일을 없애려는 것뿐
어찌 늙고 삭은 몸으로 남은 삶을 아까워할까.

구름이 진령에 걸쳐 있는데 집은 어디 있는가.
눈이 남관을 끌어안아서 말이 나아가지 않는다.
네가 멀리서 왔으니 응당 뜻이 있음을 알겠고
나의 骨를 흐르는 장강 가에서 거둠이 좋으리.

768년에 태어나서 824년에 이 세상을 떠났다고 알려져 있다. 등주(鄧州) 남양(南陽) 사람이라고 한다. 3세 때에 아버지를 잃고 형수에게서 컸다고 전한다. 25세 때에 진사시험에 급제하였고 국자감사문박사(國子監四門博士)가 되었으며, 803년 감찰어사(監察御使)가 되었고, 그 후 이부시랑(吏部侍郞)에 올랐다고 한다. 그의 문장은, 고문(古文)을 본으로 삼고 발전시켜서 중국 산문문체의 모범을 이루었다는 평을 듣는다. 당송팔대가(唐宋八大家)의 한 사람으로, 한창려집(韓昌黎集) 50권이 있다. 그의 선조가 '창려'(昌黎, 지금의 錦州)에 살았으므로 사람들이 그를 '한창려'라고 불렀다는 말이 있다. 자(字)는 '퇴지'(退之)이고 시호는 '문공'(文公)이다.

섬기는 일 어렵다

김 재 황

윗사람 섬기는 일 어찌 그게 쉽겠는가,
잘못을 말하는 것 좋아할 이 있겠는가,
쫓겨남 그리 겁나면 그 자리를 떠나라.

059

[원문] 秋思(추사)

白居易(백거이)

夕照紅於燒(석조홍어소) 晴空碧勝藍(청공벽승남)
獸形雲不一(수형운부일) 弓勢月初三(궁세월초삼)

雁思來天北(안사내천배) 砧愁滿水南(침수만수남)
蕭條秋氣味(소조추기미) 未老已深諳(미노이심암)

[녹시역] 쓸쓸한 가을을 생각하다

백거이

저녁 비침은 타는 것보다 붉은데
맑은 빔은 푸름이 쪽빛을 이긴다.
짐승 모양은 구름이 모두 아니고
활의 세찬 힘은 초사흘 달이라네.

기러기 맘은 하늘 북쪽에서 오고
모탕 시름은 물 남쪽에서 차는데
쓸쓸한 이 가을에 냄새와 맛이여
늙지도 않았는데 이미 깊이 아네.

772년에 태어나서 846년에 이 세상을 떠났다고 알려져 있다. 섬서성 (陜西省) 위남(渭南) 사람이라고도 하고 하남성(河南省) 신정(新鄭) 사람이라고도 한다. 800년 29세의 나이로 진사시험에 합격하였으며, 35세가 되어서는 한림학사(翰林學士)와 좌습유(左拾遺)를 거친 후에 태자좌찬선 대부(太子左贊善大夫)가 되었다고 한다. 815년 44세 때에는 직언을 하다가 강주사마(江州司馬)로 좌천되었으며 다시 형부시랑(刑部侍郞)과 태자 빈객(太子賓客) 및 태자소부분사(太子少傅分司)를 역임하고 형부상서(刑部尙書)로 은퇴했다고 전한다. 그가 지은 시는 모두 3,840편이라고 하는데, 시 한 편이 완성될 때마다 노파에게 읽어 주고 어려워하는 곳을 고쳤다고 한다. 그의 작품 중에 '장한가'(長恨歌)와 '비파행'(琵琶行)은 널리 애송되었다. 75세로 삶을 끝마쳤다. 자(字)는 '낙천'(樂天)이고 호(號)는 '향산거사'(香山居士)이다.

이 가을 다 좋아해도

김 재 황

하늘이 꽤 높아서 빈 것처럼 보이는데
쓸쓸한 마음이라 파란 빛이 더욱 깊고
가을을 다 좋아해도 오직 나만 아니다.

원문

飮酒看牧丹(음주간목단)

劉禹錫(유우석)

今日花前飮(금일화전음) 甘心醉數杯(감심취수배)
但愁花有語(단수화유어) 不爲老人開(불위노인개)

녹시역

술을 마시며 모란을 보다

유우석

오늘은 꽃 앞에서 술을 마시는데
달콤한 마음으로 몇 잔에 취했다.
다만 시름은, 꽃이 말하지 않을까
늙은이를 위해 피는 게 아니라고.

772년에 태어나서 842년에 이 세상을 떠났다고 알려져 있다. 팽성(彭城) 사람이라고도 하고 낙양(洛陽) 사람이라고도 한다. 정원(貞元) 9년에 진사가 되었고 집현전학사(集賢殿學士)에 이어서 낭주사마(朗州司馬)와 소주자사(蘇州刺史) 및 검교예부상서(檢校禮部尙書) 등을 역임했다고 전한다. 그리고 사후에 호부상서(戶部尙書)로 추증되었다고 한다. '유유'(劉柳)는 유우석과 유종원(柳宗元)이요, '유백'(劉白)은 '유우석'과 '백거이'(白居易)이다. 저서로 '유빈객집'(劉賓客集) 40권이 있다. 자(字)는 '몽득'(夢得)이고 호는 '여산인'(廬山人)이다.

녹시가 시조 한 수

마음 착한 꽃

김 재 황

누구든 살고 나면 늙는 일이 마땅한데
큰 죄나 저지른 듯 자책하면 되겠는가,
꽃이야 마음 착해서 모든 이를 반기네.

4 시냇물 흐르는 골짜기에 살다

061

原文 溪居(계거)

柳宗元(유종원)

久爲簪組累(구위잠조루) 幸此南夷謫(행차남이적)
閑依農圃隣(한의농포린) 偶似山林客(우사산림객)

曉耕翻露草(효경번로초) 夜榜響溪石(야방향계석)
來往不逢人(내왕불봉인) 長歌楚天碧(장가초천벽)

녹시역 시냇물 흐르는 골짜기에 살다

유종원

오래도록 벼슬살이에 묶여 있다가
운 좋게 영주 땅으로 쫓겨 왔나니
한가히 농삿일하는 이웃으로 돕고
뜻하지 않게 산과 숲의 손님 같다.

새벽에 밭 갈며 이슬 풀을 뒤집고
밤에는 노 저어 내의 돌을 울린다.
오든지 가든지 만나는 이 없는데
긴 노래에 초나라 하늘이 푸르다.

773년에 태어나서 819년에 이 세상을 떠났다고 알려져 있다. 산서성(山西省) 하동(河東) 사람이라고 한다. 진사과에 합격하여 진사가 된 후에, 감찰어사(監察御史)를 거치고 33세 때에 '예부원외랑'(禮部員外郎)을 지내다가 왕숙문(王叔文)의 일당으로 몰려서 영주사마(永州司馬)로 좌천되었으며, 43세 때에 유주자사(柳州刺史)로 옮겼는데 거기에서 숨을 거두었다고 전한다. 원화(元和) 5년에 영릉(零陵)의 남서쪽을 유람하다가 염계(冉溪)를 발견하여 그곳으로 옮기고 그곳 이름을 '우계'(愚溪)라고 바꾸었다고 한다. 이 시는 그곳에 정착한 초기의 작품이라고 본다. 당송팔대가(唐宋八大家) 중의 한 사람으로 꼽히고, '당유선생문집'(唐柳先生文集) 15권이 전하여지고 있다. 자(字)는 '자후'(子厚)이다.

냇가에는 살지 마라

김재황

냇물이 흐르는 곳 가까이에 살지 마라
귀 열린 한밤중에 물결 소리 시끄럽다,
세월도 빨리 흐르니 그 시름을 어쩌리.

062

원문 鄂州寓館嚴澗宅(악주우관엄간댁)

元稹(원진)

鳳有高梧鶴有松(봉유고오학유송) 偶來江外寄行蹤(우래강외기행종)
花枝滿院空啼鳥(화지만원공제조) 塵榻無人憶臥龍(진탑무인억와룡)

心想夜閑唯足夢(심상야한유족몽) 眼看春盡不相逢(안간춘진불상봉)
何時最是思君處(하시최시사군처) 月入斜窓曉寺鍾(월입사창효사종)

녹시역 악주 엄간의 집에 묵으며

원진

있는 곳, 봉은 큰 오동나무 학은 소나무
우연히 강 밖으로 와서 쫓아감을 맡기네.
마을에 가득 꽃피고 새는 헛되이 우는데
빈 걸상에 사람 없으니 와룡을 생각한다.

밤이 느긋하여 오직 넉넉한 꿈을 바라고
삽시간에 봄은 가고 서로 만나지 못한다.
그대 사는 곳 그리는 가장 큰 때는 언제?
달이 비낀 창에 들고 절의 종소리 맑다.

778년에 태어나서 831년에 이 세상을 떠났다고 알려져 있다. 하남(河南) 사람이라고 한다. 부친은 원관(元寬)이고 모친은 정씨(鄭氏)라고 한다. 정원(貞元) 9년에(793년)에 진시과(進士科)와 명경과(明經科)를 급제하였다고 한다. 목종(穆宗) 때에 재상이 되기도 했으나 여러 번 좌천되었고, 동주(同州)와 월주(越州) 및 악주(鄂州) 등에서 자사(刺史)를 역임하다가 무창의 절도사(節度使)로 간 다음에 그 곳에서 숨을 거두었다고 한다. 죽은 후에 상서우복야(尙書右僕射)로 추증되었다고 전한다. 소위 '원화체'(元和體)라고 하면 바로 그의 시체(詩體)를 가리키는 말이라고 한다. 자(字)는 '미지'(微之)이다. 저서로 원씨장경집(元氏長慶集)이 있다.

또 그리는 와룡 선생

김재황

핀 꽃이 많더라도 씨를 맺지 못한 것은
힘들게 애쓰고도 지닌 뜻을 못 이룬 것
저 세상 머문 선생을 또 그리게 만드네.

063

원문 **題李凝幽居**(제이응유거)

賈島(가도)

閑居少隣並(한거소린병) **草徑入荒園**(초경입황원)
鳥宿池邊樹(조숙지변수) **僧敲月下門**(승고월하문)

過橋分野色(과교분야색) **移石動雲根**(이석동운근)
暫去還來此(잠거환래차) **幽期不負言**(유기불부언)

녹시역 # 이응이 깊게 사는 것을 노래함

가도

깊게 사는 곳에 아우를 이웃 드물고
풀숲 지름길은 거친 안뜰로 들어간다.
새는 연못 옆의 나무에서 잠이 들고
스님은 달빛 비치는 대문을 두드린다.

다리를 지나니 들의 빛깔이 다르고
돌을 옮기니 구름뿌리도 움직이는데
잠깐 떠났다가 여기 다시 돌아와서
깊이 약속한 말을 저버리지 않으리.

779년에 태어나서 843년에 이 세상을 떠났다고 알려져 있다. 하북성 (河北省) 범양(范陽) 사람이라고 한다. 여러 차례나 과거시험을 치렀으나 번번이 낙방의 쓴 잔을 마셨다고 한다. 이에 낙담하여 '무본'(无本)이라 는 이름으로 중의 노릇을 하기도 했는데, 811년 낙양에서 당대의 명 사인 한유(韓愈)와 교우하게 되면서 환속(還俗)하였다고 전한다. 그 후에 도 시험에 낙방하였으며 837년에야 겨우 장강주부(長江主簿)라는 직책 을 얻었고, 이어서 안악현(安岳縣) 보주(普州)의 사창참군(司倉參軍)으로 전 직되었다가 병으로 세상을 떠났다고 한다. 특히 그에 대해서는 '퇴고' (推敲)의 일화가 유명하다. 자(字)는 '낭선'(浪仙)이다.

먼 옛날 고운 풍경

김 재 황

서산에 해가 지니 어떤 집을 찾아갈까
대문을 살짝 똑똑 어느 스님 두드리네,
먼 옛날 고운 풍경이 아련하게 눈앞을-.

064

원문 出山作(출산작)

盧仝(노동)

出山忘掩山門路(출산망엄산문로) 釣竿揷在枯桑樹(조간삽재고상수)
當時只有鳥窺簌(당시지유조규유) 更亦無人得知處(갱역무인득지처)
家僮若失釣魚竿(가동약실조어간) 定是猿猴把將去(정시원후파장거)

녹시역 산을 나가면서 짓다

노동

산을 나가면서 문 닫는 일을 깜박 잊고
낚싯대는 마른 뽕나무에 꽂은 대로였네.
그 때에는 다만 엿보는 새가 있었을 뿐
더 나아가서 둔 곳 아는 사람도 없다네.
만약 심부름 아이가 낚싯대를 잃는다면
틀림없이 원숭이가 손으로 쥐고 갔으리.

795년에 태어나서 845년에 이 세상을 떠났다고 알려져 있다. 그러나 태어난 해는 확실하지 않다. 범양(范陽), 하북(河北) 탁주(涿州) 출신이라고 한다. 일설에는 제원(濟源), 하남(河南) 심양(沁陽) 출신이라고도 한다. 소실산(小室山)에 은거하였는데 조정에서 간의대부(諫議大夫)로 삼으려고 하였으나 응하지 않았다고 전한다. 한유(韓愈)가 그를 높이 평가했다고 전한다. 일찍이 '월식시'(月蝕詩)를 지어서 원화 역당들을 풍자하였고, 차의 품평을 잘하였다고 하며, 다가(茶歌)로 유명했다고도 전한다. 자(字)는 알지 못하나, 호(號)는 '옥천자'(玉川子)이다.

녹시가 시조 한 수

원숭이보다 반달곰

김 재 황

이 땅엔 원숭이가 들과 산에 안 살아도
낚싯대 그냥 두고 마음 놓긴 쉽지 않소,
깊은 골 외진 마을로 아기 곰이 오느니.

065

金縷衣(금루의)

杜秋娘(두추랑)

勸君莫惜金縷衣(권군막석금루의) 勸君惜取少年時(권군석취소년시)
花開堪折直須折(화개감절직수절) 莫待無花空折枝(막대무화공절지)

금실로 짠 아름다운 옷

두추랑

그대에게 권하느니 금실 옷을 아끼지 말고
그대에게 권하느니 젊은 때 지님을 아껴라
핀 꽃 꺾을 수 있으면 모름지기 바로 꺾고
꽃 없을 때를 기다려서 빈 가지 꺾지 마라.

명기이고 여류시인. 태어난 해와 숨을 거둔 해는 알려져 있지 않다. 금릉(金陵) 사람이라고 한다. 처음(15세)에는 진해절도사(鎭海節度使) 이기(李錡)의 첩이 되었으나, 이기가 모반하여 피살된 후에는 입궁하여 헌종(憲宗)의 총애(妃)를 받았다고 한다. 그 후(30대 초반) 목종(穆宗) 때에 태자(太子)의 보모로 있었고, 성장한 태자가 죄를 얻음으로써 평민이 되어 고향으로 쫓겨났다고 한다. 늙어서 매우 곤궁하게 지내다가 죽었다고 전한다. '두추'(杜秋)가 이름이다. 서화에도 능했다고 한다.

아낀다는 말

김 재 황

좋은 옷 입지 않고 두는 것은 미련한 일
고운 꽃 꺾지 않고 보는 것은 현명한 일
내 그대 아낀다는 말 지닌 마음 주는 일.

066

원문

早秋(조추)

許渾(허혼)

遙夜汎淸瑟(요야범청슬) 西風生翠蘿(서풍생취라)
殘螢樓玉露(잔형루옥로) 早雁拂銀河(조안불은하)

高樹曉還密(고수효환밀) 遠山晴更多(원산청갱다)
淮南一葉下(회남일엽하) 自覺老煙波(자각로연파)

녹시역

때가 아직 오지 아니한 가을

허혼

멀고 긴 밤에 맑은 비파를 타는데
서쪽 바람이 비취 빛 덩굴에 인다.
옥빛 이슬 맺힌 누각에 반디 남고
이른 기러기는 은하수를 거스른다.

높은 나무는 새벽에 또 빽빽하고
먼 산은 비가 그치니 다시 많구나.
회남 땅에 나뭇잎 하나 떨어지면
몸소 느끼네, 안개 물결에 늙음을.

791년에 태어나서 854년에 이 세상을 떠났다고 알려져 있다. 강소성 (江蘇省) 단양(丹陽) 또는 호북성(湖北省) 안륙(安陸) 사람이라고 한다. 그러나 강소성 진강(鎭江)에서 살았다고도 한다. 832년에 진사시험에 급제를 하고 태평령(太平令)에 임명되었으나 병이 들어서 면직되었으며, 그 후에 출사와 면직을 거듭하는 동안 목주(睦州)와 영주(郢州)의 자사(刺史)를 역임했다고 한다. 나중에는 병 때문에 윤주(潤州) 정묘교(丁卯橋) 촌사(村舍)에 은거했다고 전한다. 그렇기에 문집으로 정묘집(丁卯集)을 남겼다. 임천(林泉)을 애호했고 율시(律詩)에 능했다는 평을 듣는다. 그의 자(字)는 '용회'(用晦)라고 하는데, 일설에는 '중회'(仲晦)라고도 한다.

녹시가 시조 한 수

거문고 뜯다

김재황

깊은 밤 외딴 집에 거문고를 뜯는 소리
달빛이 가락 타고 멀고 먼 곳 떠나는데
귀 열고 마음 쏟으면 세월 홀로 저만치.

067

원문 **題金陵渡**(제금릉도)

張祜(장호)

金陵津渡小山樓(금릉진도소산루) 一宿行人自可愁(일숙행인자가수)
潮落夜江斜月裏(조락야강사월리) 兩三星火是瓜州(양삼성화시과주)

녹시역 금릉 나루에서 짓다

장호

금릉 나루터의 조그만 산골 누각에서
하룻밤 묵는 나그네 절로 근심 이는데
기운 달빛 안에 밤 강은 밀려 빠지고
두셋 깜박이는 불빛 그곳이 과주라네.

792년에 태어나서 852년에 이 세상을 떠났다고 알려져 있다. 청하(清河) 또는 무성(武城) 사람이라고 한다. 어느 문헌에는 그의 이름이 '장우'(張祐)로도 되어 있다. 영호초(令狐楚)가 그를 후원하여 앞길을 열어 주려고 했으나, 원진(元稹)이 그 작품의 풍기문란을 이유로 반대하여 벼슬길이 막혔다고 전한다. 그는 두목(杜牧)과 허혼(許渾) 등과 함께 만당(晚唐) 유미파(唯美派)의 창도자(唱導者)라는 평을 듣는다. 자(字)는 '승길'(承吉)이라고 한다.

밤이 검어도

김 재 황

어두운 저 하늘에 작은 별들 반짝이면
외로운 그 나그네 가슴에는 고향 불빛
아무리 밤이 검어도 오는 잠은 하얗다.

068

宮中詞(궁중사)

朱慶餘(주경여)

寂寂花時閉院門(적적화시폐원문) 美人相並立瓊軒(미인상병립경헌)
含情欲說宮中事(함정욕설궁중사) 鸚鵡前頭不敢言(앵무전두불감언)

궁녀들이 슬프게 부르는 노래

주경여

꽃필 때 담장 문이 닫혔으니 고요하고 고요한데
아름다운 여인들이 서로 함께 옥빛 난간에 서고
정을 머금고 궁중 안의 일을 이야기하고 싶으나
앵무새 바로 앞이라 감히 말을 꺼내지 못한다네.

797년에 태어났다고 하는데, 숨을 거둔 해는 모른다. 지금의 절강성 (浙江省) 소흥현(紹興縣) 또는 복건성(福建省) 민중(閩中) 사람이라고 한다. 826년에 진사과에 합격하여 진사가 되었고, '비서성 교서랑'(秘書省 校書 郞)을 지냈다고 한다. 장적(張籍)으로부터 인정을 받음으로써 시명(詩名) 을 얻었다고 전한다. 그의 시(詩) 중에서 '근시상장적수부'(近試上張籍水部) 가 널리 알려져 있다. 전당시(全唐詩)에 그의 시집 2권이 있다. 그의 자 (字)가 '경여'(慶餘)이고, 이름은 '가구'(可久)라고 한다.

슬픈 궁녀에게

김 재 황

아무리 큰 집에서 꽃을 보며 살더라도
높은 담 둘렸으니 갇혀 있는 몸이지요,
말까지 쉽게 못하면 무슨 살맛 있겠소.

069

원문 旅宿(여숙)

杜牧(두목)

旅館無良伴(여관무량반) 凝情自悄然(응정자초연)
寒燈思舊事(한등사구사) 斷鴈警愁眠(단안경수면)

遠夢歸侵曉(원몽귀침효) 家書到隔年(가서도격년)
滄江好煙月(창강호연월) 門繫釣魚船(문계조어선)

녹시역 길손이 머무는 집에서

두목

길손이 머무는 집에 좋은 벗 없기에
뜻 엉기니 스스로 근심하고 슬퍼한다.
쓸쓸한 등불에 오래된 일을 생각하니
외기러기가 시름겨운 잠을 타이른다.

새벽이 와서야 먼 꿈에서 돌아왔는데
집에서 오는 편지는 해 넘겨 이른다.
싸늘한 강에 안개 낀 달이 아름답고
문 앞에는 물고기를 낚는 배가 매였다.

803년에 태어나서 852년에 이 세상을 떠났다고 알려져 있다. 지금의 섬서성(陝西省) 장안(長安) 부근 출신이라고 한다. 26세 때에 진사과에 급제하여 진사가 되었고, 현량과(賢良科)에도 급제하였다고 한다. 강서단련부순관(江西團練府巡官)에서 감찰어사(監察御史)와 시어사(侍御史) 등을 거치고 사훈원외랑(司勳員外郎) 및 자사(刺史) 등을 역임하였다고 한다. 죽을 때는 중서사인(中書舍人)의 벼슬에 있었다고 전한다. 성질이 강직하고 호탕하였다는 평을 듣는다. 두보(杜甫)를 '대두'(大杜)라고 했고, 두목(杜牧)을 '소두'(小杜)라고 했다는 말이 있다. 자는 '목지'(牧之)이다.

길손이 묵는 하룻밤

김 재 황

길손이 묵고 가는 그 하룻밤 길디길고
고향은 멀리 있고 모든 가족 그리운데
하늘에 안개 낀 달만 멋모르고 웃는가.

070

원문 蟬(선)

李商隱(이상은)

本以高難飽(본이고난포) 徒勞恨費聲(도로한비성)
五更疏欲斷(오경소욕단) 一樹碧無情(일수벽무정)

薄宦梗猶汎(박환경유범) 故園蕪已平(고원무이평)
煩君最相警(번군최상경) 我亦擧家淸(아역거가청)

녹시역

매미를 노래하다

이상은

바탕이 높음으로써 배부르기 어려운데
애만 쓰기 억울하여 헛되이 마구 운다.
새벽녘에 멀어져서 끊어지려고 하는데
한 그루 나무는 푸르게 아무 뜻이 없다.

낮은 벼슬아치라 가시나무로 떠도는데
옛 뜰은 이미 거친 풀로 다스려졌으리.
괴로워하는 그대 가장 서로 조심하지만
나 또한 온 집안이 맑아서 가난하단다.

812년에 태어나서 858년에 이 세상을 떠났다고 알려져 있다. 회주(懷州) 하내(河內) 심양현(沁陽縣) 사람이라고 한다. 그는 스스로 '옥계생'(玉谿生)이라고 불렸는데, 고향 가까이에 '옥계'라는 계곡이 있었기 때문이라고 한다. 18세 때에 천평군절도사(天平軍節度使)인 영호초(令狐楚)의 막료가 되었다가, 837년 26세 때에 진사과에 급제하여 진사가 되었고, 경원절도사(涇原節度使) 왕무원(王茂元)의 사위가 됨으로써 비서성 교서랑(秘書省 校書郎)에 올랐으며 그 후에 홍농위(弘農尉)를 역임했다고 한다. 그의 시는 '수사(修辭)를 무겁게 여김으로써 정밀하고 화려하다.'라는 평을 듣는다. 일생 동안 낮은 벼슬자리에 있었고, 후세에 그의 시파(詩派)를 '서곤체'(西崑體)라고 불렀다고 전한다. 자(字)는 '의산'(義山)이다.

매미를 알았다면

김 재 황

매미가 땅속에서 보낸 세월 알았다면,
그토록 어두워서 막막할 줄 느꼈다면,
당신은 가난함만을 말할 수는 없으리.

071

원문 隴西行(농서행)

陳陶(진도)

誓掃匈奴不顧身(서소흉노불고신) 五千貂錦喪胡塵(오천초금상호진)
可憐無定河邊骨(가련무정하변골) 猶是春閨夢裡人(유시춘규몽리인)

녹시역 서북 국경 농서 지방 노래

진도

몸 돌보지 않고 북방의 적 없애려고 마음먹은
오천 명의 용사들을 호 땅에서 모두 잃었구나.
무정하 변두리의 흩어진 뼈들 가엾고 불쌍한데
규방의 꿈 속 사람에게는 아직도 봄과 같겠네.

812년에 태어나서 885년에 이 세상을 떠났다고도 하고, 803년에 태어나서 879년에 떠났다고도 한다. 강서성(江西省) 파양(波陽) 사람이라고도 하고, 복건성(福建省) 남포(南浦) 출신이라고도 한다. 선종(宣宗) 대중(大中) 연간에 장안(長安)에 나와서 유학하였고, 그 후로 남창(南昌)의 홍주서산(洪州西山)에 은거하였다고 전한다. 그의 시는 적지 않지만 많이 유실되었고, 후인이 진숭백시집(陳崇伯詩集) 1권을 모아서 간행했다. 자(字)는 '숭백'(崇伯)이고, 호(號)는 '삼교포의'(三敎布衣)이다.

녹시가 시조 한 수

자주 안보 그것뿐

김 재 황

이 땅에 나라 싸움 일어나게 되는 날엔
꽃송이 젊은 목숨 먼저 잃게 되는 것을,
그 일을 막는 방법은 오직 국방 튼튼히.

072

원문 贈少年(증소년)

溫庭筠(온정균)

江海相逢客恨多(강해상봉객한다) 秋風葉落洞庭湖(추풍엽낙동정호)
酒酣夜別淮陰市(주감야별회음시) 月照高樓一曲歌(월조고루일곡가)

녹시역 소년을 일러 보내다

온정균

강해 땅에서 서로 만나니 손님 서러움 많은데
가을에 바람 불고 나뭇잎이 동정호로 떨어진다,
술이 거나해져서 밤중에 회음 장터를 떠나자니
달빛 아래 높은 다락에서 노래 한 가락 부른다.

818년에 태어나서 872년에 이 세상을 떠났다고 알려져 있다. 산서성(山西省) 태원(太原) 사람이라고 한다. 우수한 시재(詩才)를 지녔으나, 주색과 도박에 빠져서 몸을 망치고 과거에도 낙방하고 말았다고 전한다. 그러나 최종 관직이 '국자조교'(國子助敎)였다는 기록도 있다. 만당(晩唐)의 대표적 시인으로 이상은(李商隱)과 짝하여 '온이'(溫李)라고 불렀고, 시(詩)와 함께 사(詞)의 개척자로도 이름을 얻었다고 한다. 원래 이름(本名)은 '기'(岐)라고 하며, 자(字)는 '비경'(飛卿)이다.

녹시가 시조 한 수

그때 그 소년에게

김재황

가을에 온 손님은 입성마저 추레한데
호수로 바람 안고 나뭇잎이 떨어진다,
취해서 노래 부르면 보름달도 숨으리.

073

원문

渡漢江(도한강)

李頻(이빈)

嶺外音書絶(영외음서절) 經冬復歷春(경동부력춘)
近鄕情更怯(근향정갱겁) 不敢問來人(불감문래인)

녹시역

한양에서 장강으로 흐르는 물을 건너며

이빈

영남 땅에서 모든 소식 끊어졌는데
겨울이 지나고 다시 봄은 돌아왔네.
고향 가까울수록 거듭 겁나는 마음
오는 사람에게 함부로 묻지 못하네.

818년에 태어나서 876년에 이 세상을 떠났다고 알려져 있다. 절강성(浙江省) 순안(淳安) 사람이라고도 하고 목주(睦州) 수창(壽昌) 사람이라고도 한다. 대중(大中) 8년에 진사과 급제로 진사가 되었고, 비서랑(祕書郎)을 거쳐서 건주자사(建州刺史)를 역임했다고 전한다. 이 시를 '전당시'(全唐詩)에서는 송지문(宋之問)이 농주(瀧州)에서 고향으로 갈 때에 지은 작품이라고도 기술하고 있다. 그러나 나는 이빈(李頻)의 작품으로 보았다. 자(字)는 '덕신'(德新)이다.

녹시가 시조 한 수

나그네 고향 길

김 재 황

낯선 곳 오랜 날을 떠돌다가 찾는 고향
한 걸음 딛고 나도 옛 마을이 멀찍한데
잊은 듯 둥근 얼굴만 이마 위를 스친다.

074

원문 勸酒(권주)

于武陵(우무릉)

勸君金屈卮(권군금굴치) 滿酌不須辭(만작불수사)
花發多風雨(화발다풍우) 人生足別離(인생족별리)

녹시역 술을 권하다

우무릉

그대에게 이 귀한 술잔을 권하노니
가득 차게 따름을 거절하지 마시게.
꽃이 필 때에는 바람과 비가 많고
사람 삶에는 서로 헤어짐이 많다오.

810년에 태어났다고 하며, 명종(明宗) 천성(天成) 3년인 928년에 스스로 목을 매어 죽었다고 한다. 서안(西安) 또는 두릉(杜陵) 사람이라고 전한다. 당나라 말기에 진사과에 급제하여 진사가 되었고, 도관원외랑(都官員外郎)과 공부낭중(工部郎中)을 역임했다고 하나, 선종(宣宗) 대중(大中) 연간에 과거시험에 낙방하고 각지를 유랑했다고 씌어 있기도 하다. 만년에는 낙양(洛陽) 남쪽 숭산(嵩山)에 은거했다고 알려져 있다. 이름은 '업'(鄴)이고 자(字)가 '무릉'(武陵)이다.

녹시가 시조 한 수

떠날 때는 믿음을

김 재 황

보내고 떠나감은 우리 삶에 늘 있는 일
술 말고 다른 무엇 건네는 게 어떠할지
비바람 마구 불수록 그 믿음은 더 익네.

075

秦娥(진아)

劉駕(유가)

秦娥十四五(진아십사오) 面白於指爪(면백어지조)
羞人夜採桑(수인야채상) 驚起戴勝鳥(경기대승조)

진나라 아름다운 아가씨

유가

열 너더댓 살 진나라 예쁜 아가씨
얼굴이 손가락 끝의 손톱보다 흰데
남이 부끄러워서 밤에 뽕잎 따다가
오디의 새를 놀라게 하여 일으키네.

166

822년에 태어났다고 하는데, 이 세상을 떠난 해는 알려지지 않고 있
다. 강동(江東) 사람이라고도 하고 강남(江南) 사람이라고도 한다. 선종
(宣宗) 대중(大中) 3년인 849년에 장안(長安)에서 하황(河湟)을 수복하자 '당
악부'(唐樂府) 10수를 지어서 칭송을 받았다고 한다. 852년에 진사과에
급제했고 국자박사(國子博士)를 역임했다고 전한다. 조업(曹鄴)과 가깝게
지냈는데 그 두 사람을 가리켜서 '조유'(曹劉)라고 불렀다. 전당시(全唐詩)
에 시가 1권 실려 있다. 자(字)는 '사남'(司南)이다.

밤에 더 예쁜 아가씨

김재황

낮에는 수줍어서 어둔 밤에 일을 해도
하늘에 달이 뜨면 더욱 얼굴 환해지지
공연히 꿈꾸는 새를 깨워서는 안 돼요.

076

長門怨(장문원)

劉言史(유언사)

獨坐爐邊結夜愁(독좌노변결야수) 暫時恩去亦難收(잠시은거역난수)
手持金箸垂紅淚(수지금저수홍루) 亂撥寒灰不擧頭(난발한회불거두)

기나긴 문을 슬퍼하다

유언사

화롯가에 홀로 앉아서 밤 시름 이으니
잠깐 사랑함이 떠났으나 거두기 어렵다.
금부젓가락을 손에 들고 피눈물 흘리니
찬 재를 마구 헤치며 머리 들지 않는다.

태어난 해는 모르고, 이 세상을 떠난 해는 812년이라고 한다. 한단(邯鄲) 사람이라고도 하고 조주(趙州) 사람이라고도 한다. 이하(李賀)와 맹교(孟郊) 등이 벗이었다고 전한다. 일찍이 진기절도사(鎭冀節度使) 왕무준(王武俊)의 막료(幕僚)로 있었으며 조강령(棗强令)으로 발령받고도 나가지 않았다고 하는데, 그 때문에 사람들이 '유조강'(劉棗强)이라고 불렀다는 말이 있다. 한남절도사(漢南節度使) 사공연(司空掾)으로 있다가 죽었다고 한다. 전당시(全唐詩)에 시(詩) 79수가 남아 있다.

녹시가 시조 한 수

홀로 밤을 지새우는 여인

김 재 황

쌀쌀한 추위에는 더운 화로 제격이고
외로운 한밤에는 임의 품이 제일이지
금붙이 많이 지녀도 시름만이 무겁네.

077

원문

題新雁(제신안)

杜筍鶴(두순학)

暮天新雁起汀州(모천신안기정주) 紅蓼花疎水國秋(홍료화소수국추)
想得故園今夜月(상득고원금야월) 幾人相憶在江樓(기인상억재강루)

녹시역

새로 날아온 기러기를 보며

두순학

하늘이 저물어 새 기러기 정주 땅에서 나오고
붉은 여뀌 꽃이 드물어서 물나라는 가을이다.
생각을 얻으면 옛 동산의 오늘밤에 뜨는 달을
몇 사람이나 강 다락에서 서로 헤아리고 있나.

846년에 태어나서 904년에 이 세상을 떠났다고 알려져 있다. 그는 강남에서 첫째로 꼽는 풍류재자(風流才子)로 이름을 날렸는데, 그가 바로 '두목'(杜牧)의 막내아들이라고 한다. 말하자면 두목이 지주군수(池州郡守)로 있을 때에 첩을 얻어서 낳은 아이라고 한다. 두순학은 46살에 진사과에 급제하였고 한림학사(翰林學士)를 역임했다고 전한다. 그는 술을 매우 좋아하였고 거문고를 잘 탔다는데, 그 때문에 스스로 '구화산인'(九華山人)이라고 칭했단다. 호(號)는 '언지'(彦之)이다.

녹시가 시조 한 수

가을에 생각나는 사람

김 재 황

기러기 날고 나면 물빛 또한 가을인데
강물을 앞에 두고 언덕 위로 올라서니
어두운 저 밤하늘에 벗의 얼굴 보인다.

078

원문

尤溪道中(우계도중)

韓偓(한악)

水自潺潺日自斜(수자잔잔일자사) 盡無鷄犬有鳴鴉(진무계견유명아)
千村萬落如寒食(천촌만락여한식) 不見人煙空見花(불견인연공견화)

녹시역

외딴 냇물로 가는 중에

한악

물은 스스로 졸졸 가고 해는 절로 지는데
닭과 개는 모두 없고 까마귀 울음만 있다.
많고 많은 시골 마을이 찬밥 날과 같은데
사람과 연기 안 뵈고 다만 꽃만 보이누나.

844년에 태어나서 923년에 이 세상을 떠났다고 알려져 있다. 떠난 해는 확실하지 않다. 섬서성(陝西省) 서안(西安) 사람이라고 한다. 889년에 진사과에 급제하여 진사가 되었으며 벼슬은 좌습유(左拾遺)와 병부시랑(兵部侍郎)과 중서사인(中書舍人) 및 한림학사(翰林學士)를 역임했다고 한다. 후에 복건성(福建省)에서 이 세상을 떠났다고 전한다. 시집으로 옥산초인집(玉山樵人集)과 향렴집(香奩集)이 있다. 자(字)는 '치요'(致堯) 또는 '치광'(致光)이고, 호(號)는 '옥산초인'(玉山樵人)이다.

외딴 마을에서

김 재 황

깊숙한 그 시골에 연기조차 안 보이면
모두들 멀리 나가 논밭에서 일할 테지,
다니며 떠들지 말고 꽃과 함께 쉬게나.

079

원문 貧女(빈녀)

秦韜玉(진도옥)

蓬門未識綺羅香(봉문미식기라향) 擬托良媒益自傷(의탁양매익자상)
誰愛風流高格調(수애풍류고격조) 共憐時世儉梳妝(공련시세검소장)

敢將十指誇針巧(감장십지과침교) 不把雙眉鬪畫長(불파쌍미투화장)
苦恨年年壓金線(고한연년압금선) 爲他人作嫁衣裳(위타인작가의상)

녹시역 가난하게 사는 아가씨

진도옥

쑥대 문이라 아직 고운 비단을 모르고
좋은 중매 부탁하니 더 저절로 슬프다.
누가 격조 높은 바람과 멋을 아끼는가.
그때 그 수수한 몸차림 다 가여워한다.

감히 바느질 손 솜씨 자랑하려고 하나
두 눈썹 그리기 겨룸은 잡지 않으련다.
해마다 금실 수놓기 괴롭고 또 슬프니
남을 위해 '시집갈 때 입는 옷'만 짓네.

태어난 해와 이 세상을 떠난 해는 알려지지 않고 있다. 섬서성(陝西省) 장안(長安) 사람이라고도 하고 서안(西安) 사람이라고도 한다. 빈한한 집 안에서 태어났고 여러 차례 과거시험에 떨어졌다고 한다. 중화(中和) 2년인 882년에야 진사과에 급제하여 춘방(春坊)에 편입되었다가 2년 뒤에 공부시랑(工部侍郎)과 판탁지(判度支)를 거쳐서 전령자십군사마(田令孜 十軍司馬)에 올랐다고 전한다. '진도옥 시집' 1권이 전하여지고 있다. 자(字)는 '중명'(仲明)이다.

옷 짓는 여인에게

김 재 황

가난한 삶이어서 옷 짓는다 생각 말고
그 일을 베풂으로 지닌 마음 바꾼다면
모두가 입을 모아서 그대 칭송 높이리.

080

원문 # 除夜有懷(제야유회)

崔塗(최도)

迢遞三巴路(초체삼파로) 羈危萬里身(기위만리신)
亂山殘雪夜(난산잔설야) 孤獨異鄉春(고독이향춘)

漸與骨肉遠(점여골육원) 轉於僮僕親(전어동복친)
那堪正飄泊(나감정표박) 明日歲華新(명일세화신)

녹시역 # 섣달 그믐날 밤에 지닌 생각

최도

멀고 높은 삼파 땅으로 떠나는 길
두려운 굴레 멀리 떠난 나그네 몸
어지러운 산에 눈이 남아 있는 밤
외롭게 다른 시골의 봄을 맞는다.

피붙이들과는 점점 더 멀어지는데
도리어 사내아이종과 가까워진다.
떠돌이 삶을 어찌 바르게 견디랴
내일이면 새로운 봄날의 빛이거니.

854년에 태어났다고 하는데, 이 세상을 떠난 해는 밝혀져 있지 않다. 강남(江南) 사람이라고 한다. 음률을 좋아하고 장적(長笛)을 잘 불었다고 한다. 희종(僖宗) 광계(光啓) 4년인 888년에 진사과에 급제하여 진사가 되었고, 그때부터 시작(詩作)에 몰두하였다고 전한다. 그는 오랜 기간 파(巴), 촉(蜀), 상(湘), 악(鄂), 진(秦), 농(隴) 등의 여러 지역을 돌아다니며 객지생활을 하였기 때문에 시 작품의 주된 정서가 기여(羈旅)의 객수(客愁)와 이별의 정한(情恨)으로 이루어졌다는 평을 듣는다. 당재자전(唐才子傳)에 그의 소전(小傳)이 실려 있다. 자(字)는 '예산'(禮山)이다.

나그네의 풀피리

김 재 황

먼 곳을 나그네로 떠서 가는 삶이라면
내 핏줄 멀어지고 옆의 남과 가깝다네,
그 아픔 견뎌 보려고 풀피리를 부는가.

5 봄날에 늦게 일어나다

081

원문 春日晏起(춘일안기)

韋莊(위장)

近來中酒起常遲(근래중주기상지) 臥見南山改舊詩(와견남산개구시)
開戶日高春寂寂(개호일고춘적적) 數聲啼鳥上花枝(수성제조상화지)

녹시역 봄날에 늦게 일어나다

위장

요사이 와서 술에 빠져서 늘 늦게 일어나고
엎드려서 남산을 보며 전에 쓴 시 다듬는다.
외문 열면 해는 높고 봄은 외롭고 쓸쓸한데
꽃가지 위에서 새가 우는 몇 소리가 들린다.

855년에 태어나서 920년에 이 세상을 떠났다고 알려져 있다. 장안(長安) 두릉(杜陵) 또는 섬서성(陝西省) 서안(西安) 사람이라고 한다. 소종(昭宗) 원년인 894년에 진사과에 급제하여 여러 벼슬살이를 거치고, 황소란(黃巢亂)이 일어나서 중원(中原)이 어지러울 때에 전촉(前蜀)의 왕건(王建) 밑에서 재상(宰相)이 되었다고 한다. 황소의 만행으로 백성들이 어려워지자 장편서사시 '진부음'(秦婦吟)을 지어서 유명해졌다. 문집으로 완화집(浣花集)이 있다. 자(字)는 '단기'(端己)이다.

옛 시인에게

김 재 황

봄에는 나른하여 앉았으면 잠 오는데
술까지 마셨으니 자리 들면 늦잠이다,
게으름 한껏 부려도 시심만은 다듬네.

082

원문 寄人 (기인)

張泌 (장필)

別夢依依到謝家 (별몽의의도사가) 小廊廻合曲闌斜 (소랑회합곡란사)
多情只有春庭月 (다정지유춘정월) 猶爲離人照落花 (유위이인조락화)

녹시역 떠나보낸 그녀에게

장필

헤어지고 꿈에도 그리워서 그녀 집을 찾았는데
작은 곁채 돌아나가 만나니 굽은 난간 기울었다.
정이 많음은 다만 봄 가득한 뜰에 뜬 달뿐이라
오히려 헤어진 사람을 위하여 지는 꽃을 비춘다.

930년에 태어났다고 하는데 이 세상을 떠난 해는 알려지지 않았다. 회남(淮南) 사람 또는 상주(常州) 사람이라고 한다. 남당(南唐)에서 벼슬하여 구용위(句容尉)가 되었고 그 후에 감찰어사(監察御史)에 올랐으며 고공원외랑(考功員外郎)과 중서사인(中書舍人) 및 내사사인(內史舍人) 등을 역임했다고 한다. 사(詞)를 잘 지었다고 한다. 검소하여 '채갱장가'(菜羹張家)라고 일컫는다. 전당시(全唐詩)에 시 12수가 있고, 화간집(花間集)에 사(詞) 27수가 있다. 자(字)는 '자징'(子澄)이다.

녹시가 시조 한 수

아끼는 여인이면

김재황

헤어진 다음에야 그리움은 더 깊으니
아끼는 여인이면 떨어져도 볼 일이네,
보름달 비칠 때마다 사무치는 마음이-

083

원문 無題(무제)

寒山(한산)

人間寒山道(인문한산도) 寒山路不通(한산로불통)
夏天氷未釋(하천빙미석) 日出霧濛朧(일출무몽롱)

似我何由屆(사아하유계) 與君心不同(여군심부동)
君心若似我(군심약사아) 還得到其中(환득도기중)

녹시역 이름이 없는 노래

한산

사람이 한산으로 가는 길을 묻는데
한산에는 가는 길이 통하지 않는다.
여름하늘이 얼음 아직 풀지 못하고
해가 떠도 안개로 어둡고 흐릿하다.

날 닮음이 어찌 이를 수가 있었을까,
그대 마음 그러함과 같지가 않거니
만일 그대 마음이 날 닮음과 같다면
새로 얻어서 그 가운데 이르게 되리.

태어난 해와 이 세상을 떠난 해는 알려지지 않았다. 다만, 당(唐)나라 때의 승려시인(僧侶詩人)으로 알려져 있을 뿐이다. 늘 절강성(浙江省) 천태현(天台縣)에 있는 한암(寒巖) 굴속에 살고 있어서 그 이름을 얻었다고 한다. 천태산(天台山) 국청사(國淸寺) 풍간선사(豊干禪師)의 제자라고도 한다. 몸이 바싹 마르고 미친 사람과 같았다고 하며, 중 습득(拾得)과 가깝게 지냈다고 한다. 시에 능했으며 한산시집(寒山詩集)이 전하여지고 있다. 강소성(江蘇省) 소주(蘇州)에 있는 한산사(寒山寺)에 머물렀다는 이야기도 들린다.

산속인 양 사노니

김 재 황

깊숙이 이어진 길 밟을 수는 없겠지만
느긋한 그 마음을 닮을 수는 있겠구나,
산속이 아니라 해도 바람 안고 살겠네.

084

원문 秋朝覽鏡(추조람경)

薛稷(설직)

客心驚落木(객심경락목) 夜坐聽秋風(야좌청추풍)
朝日看容鬢(조일간용빈) 生涯在鏡中(생애재경중)

녹시역 ## 가을 아침에 거울을 보다

설직

나그네 마음은 잎 떨어진 나무에 놀라고
밤에 앉아서 가을의 바람 소리를 듣는다.
해 뜬 아침에 얼굴과 귀밑털을 바라보니
지금까지 삶이 거울 가운데 머물러 있네.

649년에 태어나서 713년에 이 세상을 떠났다고 알려져 있다. 포주(蒲州) 분음(汾陰) 사람이라고 한다. 시인이며 서법가(書法家)라는데 회화(繪畵)에도 조예가 깊었고 특히 학(鶴) 그림을 잘 그렸다고 한다. 진사과에 급제한 후, 중종(中宗) 경룡(景龍) 말에 간의대부(諫議大夫)와 소문관학사(昭文館學士)를 지냈고 예종(睿宗) 때에는 진국공(晉國公)에 봉해졌으며 태자소보(太子少保)와 예부상서(禮部尙書) 등을 지냈다고 한다. 그 후에 옥중에서 죽임을 당했다고 전한다. 자는 '사통'(嗣通)이다.

나그네의 가을 마음

김 재 황

떠도는 나그네가 가을 길에 들었으니
나뭇잎 떨어짐에 더욱 마음 쓸쓸한데
창밖에 바람소리는 무얼 저리 보채나.

085

古意(고의)

崔國輔(최국보)

淨掃黃金階(정소황금계) 飛霜咬如雪(비상교여설)
下簾彈箜篌(하렴탄공후) 不忍見秋月(불인견추월)

예스러운 생각

최국보

금빛 나는 섬돌을 깨끗하게 쓰는데
내린 서리가 눈처럼 희고도 밝구나.
발을 아래로 내리고 공후 악기 타니
가을 달을 차마 바라보기가 어렵다.

687년에 태어나서 755년에 이 세상을 떠났다고 알려져 있다. 오군(吳郡) 사람이라고도 하고 산음(山陰) 사람이라고도 한다. 개원(開元) 14년인 726년에 진사가 되었고 산음위(山陰尉)와 허창령(許昌令)과 집현원직학사(集賢院直學士)와 예부원외랑(禮部員外郎) 등을 역임했다고 한다. 유원체(幽怨體) 시인이라고 한다. 시를 잘 지었고, 특히 5언절구에 능했다고 한다. 전당시(全唐詩)에 시 1권이 수록되어 있다.

녹시가 시조 한 수

벼슬도 서리에는

김재황

궁궐에 사는 여인 안쓰럽게 여긴 그대
벼슬을 사는 바도 다를 것이 없겠는데
서리가 내리는 날엔 가을 달도 시리다.

086

원문

溪居(계거)

裴度(배도)

門徑俯淸溪(문경부청계) 茅簷古木齊(모첨고목제)
紅塵飛不到(홍진비부도) 時有水禽啼(시유수금제)

녹역시

냇물 흐르는 골짜기에 살다

배도

문 앞의 작은 길은 맑은 개울을 굽어보고
띳집 처마는 예스러운 나무와 가지런하다.
붉은빛 흙먼지는 날아와서 이르지 않는데
때때로 물에 사는 새나 짐승 울음 들리네.

765년에 태어나서 839년에 이 세상을 떠났다고 알려져 있다. 하동(河東) 문희(聞喜) 출신이라고 한다. 덕종 정원(貞元) 5년인 789년에 진사과에 급제하였으며 헌종 원화(元和) 연간에 사봉원외랑(司封員外郎), 중서사인(中書舍人), 어사중승(御史中丞), 시행영중군(視行營中軍) 등을 역임했다고 한다. 헌종의 정책 지지자로, 중서시랑(中書侍郎)과 동중서문하평장사(同中書門下平章事)에서 중서령(中書令)까지 올랐다고 전한다. 자(字)는 '중립'(中立)이고 시호(諡號)는 '문충'(文忠)이다.

냇가에서 사는 일

김 재 황

누구나 냇물 앞에 사는 일을 바라지만
물소리 들릴 때면 마음 또한 흘러가서
강처럼 참 빠른 세월 안타깝게 여기리.

087

원문 寄韋秀才(기위수재)

李群玉(이군옥)

荊臺蘭渚客(형대란저객) 寥落共含情(요락공함정)
空館相思夜(공관상사야) 孤燈照雨聲(고등조우성)

녹시역 젊은 벗인 '위'에게 보내다

이군옥

형대 땅에서 난저 벼슬인 그대와 놀았는데
쓸쓸함에 떨어져서 모두 애틋함을 머금는다.
휑하니 빈 객사에서 서로 그리워하는 이 밤
외로운 등불만 비가 내리는 소리를 비추네.

태어난 해와 이 세상을 떠난 해가 알려지지 않았다. 예주(澧州) 사람 또는 예산(澧山) 사람이라고 한다. 진사과에 응시했으나 낙방하고 바로 낙향하여 안빈자적(安貧自適)한 생활을 즐겼다고 한다. 어린 나이에 이미 시명(詩名)이 자자했고 음악과 서예에도 뛰어났다고 전한다. 선종 대중(大中) 8년인 854년에 장안을 방문하여 표를 올리자 재상 배휴(裵休)가 천거하여 홍문관교서랑(弘文館校書郞)이 되었다고 한다. 이군옥집(李郡玉集)이 있다. 자(字)는 '문산'(文山)이다.

홀로 밝히는 밤

김재황

머나먼 나들이는 홀로 가면 탈나는데
외로운 밤일수록 벗 생각이 깊어지고
떨리는 등잔 불빛만 잠들기를 바란다.

088

원문 牧童(목동)

呂巖(여암)

草鋪橫野六七里(초포횡야육칠리) 笛弄晚風三四聲(적롱만풍삼사성)
歸來飽飯黃昏後(귀래포반황혼후) 不脫蓑衣臥月明(불탈사의와월명)

녹시역 풀을 뜯기며 가축을 치는 아이

여암

풀 늘어놓은 가로 들판은 육칠 이수인데
늦은 바람 서너 가락 피리를 가지고 논다.
해가 저물면 돌아와서 밥을 배불리 먹고
도롱이 옷 벗지 않고 밝은 달빛에 눕는다.

태어난 해와 이 세상을 떠난 해는 알려지지 않았다. 산서성(山西省) 운성시(運城市) 예성현(芮城縣) 사람이라고 한다. 함통(咸通) 원년(元年)인 860년에 진사과를 응시하였다고도 한다. 도교(道教) 전진도(全眞道)의 5대 조사(祖師)라고 전한다. 철괴리(鐵拐李), 한종리1, 남채화(藍采和), 장과노(張果老), 하선고(何仙姑), 한상자(韓湘子), 조국구(曹國舅) 등과 더불어 팔동신선(八洞神仙)이라고 불린다. 다른 이름은 '여엽'(呂品)이고 자(字)는 '동빈'(洞賓)이며 호(號)는 '순양자'(純陽子)이다.

나 역시 목동일 때

김 재 황

들에서 염소 끌고 노닐 때가 있었는데
피리를 입에 물면 먼 구름이 다가왔지
입은 옷 허름했지만 부러울 것 없었네.

089

원문 懷故國(회고국)

修睦(수목)

故國歸未得(고국귀미득) 此日意何傷(차일의하상)
獨坐水邊草(독좌수변초) 水流春日長(수류춘일장)

녹시역 옛 고향 땅을 그리워하다

수목

옛 고향 땅으로 아직도 돌아가지 못하고
이날에서야 마음이 얼마나 이지러지는지
냇물가의 푸른 풀밭에 홀로 앉아 있으니
물은 흘러서 가는데 봄날은 길기만 하네.

태어난 해는 모르고 이 세상을 떠난 해는 918년으로 알려져 있다. 당말오대(唐末五代) 초의 승려였고, 소종(昭宗) 광화(光化) 연간에 여산승정(廬山僧正)이 되었다고도 한다. 시를 잘 써서 관휴(貫休), 제기(齊己), 허중(虛中), 처묵(處黙) 등과 시우(詩友)로 지냈다고 전한다. 금릉(金陵)으로 왔다가 나중에 주근(朱瑾)의 난리 때에 목숨을 잃었다고 한다. 특히 근체시(近體詩)에 뛰어났다는 평을 듣는데, 승려의 생활을 노래한 작품이 많다고 한다. 호(號)는 '초상'(楚湘)이다.

녹시가 시조 한 수

너무 짧은 봄

김 재 황

이 나라 한반도는 나뉜 지가 언제인데
아직도 오고 가지 못하면서 살고 있나
이 봄도 짧기만 하고 인생조차 헛되네.

090

원문 題長安主人壁(제장안주인벽)

張謂(장위)

世人結交須黃金(세인결교수황금) 黃金不多交不深(황금불다교불심)
縱令然諾暫相許(종령연낙잠상허) 終是悠悠行路心(종시유유행로심)

녹시역 장안 주인집 벽에 쓰다

장위

세상 사람들이 사귐을 맺는 데엔 마땅히 돈이니
돈이 많지 않으면 사귐마저 깊게 하지 못한다네.
비록 그렇게 하겠다고 잠깐 서로 마음을 받지만
끝내는 길을 가는 나그네 마음인 양 멀어진다네.

721년에 태어나서 780년에 이 세상을 떠났다고 알려져 있다. 하내(河內) 사람이라고 한다. 젊었을 때에는 숭산(嵩山)에서 책을 읽으며 지냈다는 이야기도 있다. 현종(玄宗) 천보(天寶) 2년인 743년에 진사가 되었고, 숙종(肅宗) 건원(乾元) 연간에 상서랑(尙書郞)이 되었으며, 대종(大宗) 대력(大曆) 연간에 담주자사(潭州刺史)로 나갔다가 태자좌서자(太子左庶子)를 거쳐 예부시랑(禮部侍郞)에 이르렀다고 한다. 전당시(全唐詩)에 시 1권이 수록되어 있다. 자(字)는 '정언'(正言)이다.

사귐은 벌거숭이로

김 재 황

돈으로 사귄 벗은 오래 가지 못하느니
믿음을 돈으로는 살 수 없기 때문이다,
벗이야 그냥 그렇게 벌거벗고 사귈 것.

091

원문 送麴司直(송국사직)

郞士元(낭사원)

曙雪蒼蒼兼署雲(서설창창겸서운) 朔風燕鴈不堪聞(삭풍연안불감문)
貧交此別無他贈(빈교차별무타증) 惟有靑山繞送君(유유청산요송군)

녹시역 사직 벼슬인 그대를 보내며

낭사원

새벽 눈이 푸르고 푸르러서 새벽 구름을 아우르고
북쪽 바람에 북쪽 땅 기러기 소리 차마 못 듣겠다.
가난한 사귐인 우리 헤어짐에 따로 줄 무엇 없는데
오직 푸른 산이 있어서 둘러싸는 듯 그대를 보내네.

727년에 태어나서 780년에 이 세상을 떠났다고 알려져 있다. 중산(中山) 사람이라고도 하고 정주(定州) 사람이라고도 한다. 현종(玄宗) 천보(天寶) 15년인 756년에 진사가 되었고, 대종(代宗) 대력(大曆) 초에 중서(中書)였는데 시험을 보아서 위남위(渭南尉)로 올랐다고 한다. 그 후에 좌습유(左拾遺)를 거쳐서 영주자사(郢州刺史)가 되었다고 전한다. 당대의 시인인 전기(錢起)와 짝하게 시명(詩名)이 높아서 그 둘을 '전랑'(錢郎)이라고 불렀다는 이야기도 있다. 자(字)는 '군주'(君胄)이다.

벗을 보낼 때는

김 재 황

만나면 따뜻하나 헤어질 땐 시린 마음
가슴에 품으라고 그 무엇을 줘야 할까
봄바람 왔다가 가듯 그저 빈손 흔든다.

092

원문 漢上題韋氏莊(한상제위씨장)

戎昱(융욱)

結茅同楚客(결모동초객) 卜築漢江邊(복축한강변)
日落數歸鳥(일락수귀조) 夜深聞扣舷(야심문구현)

水痕侵崖柳(수흔침애류) 山翠借廚煙(산취차주연)
調笑提筐婦(조소제광부) 春來蠶幾眠(춘래잠기면)

녹시역 한강 가의 '위'씨 별장에서 적다

융욱

초나라에서 온 손님과 함께 띠를 엮어서
한강 가장자리에 땅을 가려 집을 지었다.
해가 떨어지면 몇 마리 새들이 돌아오고
밤이 깊으면 뱃전 두드리는 소리 듣는다.

버드나무 언덕에는 개먹어 물이 든 자국
부엌 연기를 빌려서 산이 비춰 빛깔이다.
광주리 든 아낙 당기며 실없이 놀리는데
봄이 오고 난 후 누에는 몇 잠을 잤는지.

태어난 해와 이 세상을 떠난 해는 모두 밝혀지지 않았다. 형남(荊南) 사람이라고 한다. 어린 나이에 진사과 시험에 응시하였다가 낙방하고 '안진경'(顔眞卿)이라는 사람의 막료(幕僚)로 지냈다고 한다. 그리고 위백옥(衛伯玉)이 형남에 주둔했을 때는 종사(從事)를 맡기도 했다고 한다. 덕종(德宗) 건중(建中) 연간에 '어사대'(御史臺)로 보직을 받았는데 진주자사(辰州刺史)로 강등됐으며 그 후에 건주자사(虔州刺史)를 역임했다고 한다. 전당시(全唐詩)에 시가 1권 수록되어 있다.

녹시가 시조 한 수

맡은 일 모두 끝내야

김 재 황

일하는 아낙에게 실없는 말 걸지 마라
집안에 두고 나온 갓난아이 울고 있지,
일거리 빨리 끝내야 젖 먹이러 간단다.

093

원문 **和練秀才楊柳**(화련수재양류)

楊巨源(양거원)

水邊楊柳綠煙絲(수변양류록연사) 立馬煩君折一枝(입마번군절일지)
惟有春風最相惜(유유춘풍최상석) 慇懃更向手中吹(은근경향수중취)

녹시역 젊은 벗인 '연'의 버들에게 답하다

양거원

물가에 있는 버드나무는 푸른 안개 실을 잣고
그대가 번거롭게 말 세우고 한 가지를 꺾었네.
오직 봄에 부는 바람만 가장 서로 아까워하며
드러나지 않게 정으로 손 안쪽을 향하여 부네.

755년에 태어났다고 하는데 이 세상을 떠난 해는 알려지지 않았다. 하중(河中) 사람이라고 한다. 덕종(德宗) 정원 5년인 789년에 진사과에 급제하고, 비서랑(秘書郎)과 태상박사(太常博士) 및 우부원외랑(虞部員外郎) 등을 지냈다고 한다. 그 후 봉상소윤(鳳翔少尹)이 되었다가 목종(穆宗) 때에는 국자사업(國子司業)에 올랐는데 개성(開成) 5년인 840년 무렵에 벼슬에서 물러났다고 전한다. 백거이(白居易) 등과 벗하였다고 한다. 전당시(全唐詩)에 158수가 전한다. 자(字)는 '경산'(景山)이다.

녹시가 시조 한 수

찾아온 벗이라면

김 재 황

가지를 안 꺾어도 아쉬움은 가슴 가득
찾아온 벗이라면 보내는 눈 젖은 채로
모습이 안 뵐 때까지 바라보곤 한다네.

094

원문

從秦城回再再武關(종진성회재재무관)

李涉(이섭)

遠別秦城萬里遊(원별진성만리유) 亂山高下入商州(난산고하입상주)
關門不鎖寒溪水(관문불쇄한계수) 一夜潺湲送客愁(일야잔원송객수)

녹시역

진성에서 돌아온 후 무관에서 쓰다

이섭

진성을 멀찍이 떠나서 먼 길을 노니는데
높고 낮은 산이 얽히고 상주로 들어간다.
요새의 문도 시린 시냇물을 잠그지 않아
밤새껏 졸졸 흐르며 손님 시름을 보내네.

태어난 해와 이 세상을 떠난 해는 알려져 있지 않다. 낙양(洛陽) 사람이라고 한다. 스스로 자신을 '청계자'(淸溪子)라고 일컬었다는 이야기가 있다. 벼슬은 처음에 진허절도부종사(陳許節度府從事)로 있었는데 죄를 지어서 이릉재(夷陵宰)로 강등되었고, 헌종(憲宗) 때에는 태자통사사인(太子通事舍人)을 지내다가 협주사창참군(峽州司倉參軍)으로 좌천되었다고 전한다. 문종(文宗) 때에는 천거로 태학박사(太學博士)가 되었지만 문제가 생겨서 쫓겨났다고 한다. 전당시(全唐詩)에 1권이 있다.

관문 닫히면

김 재 황

밤에는 못 다니게 못된 법이 있었을 때
귀한 벗 만났어도 술을 맘껏 못 마셨네,
그 때야 관문 닫히면 오가지도 못 하리.

095

원문 登樓(등루)

羊士諤(양사악)

槐柳蕭疏繞郡城(괴류소소요군성) 夜添山雨作江聲(야첨산우작강성)
秋風南陌無車馬(추풍남맥무거마) 獨上高樓故國情(독상고루고국정)

녹시역 다락집에 높이 올라서

양사악

홰나무와 버드나무는 쓸쓸히 고을 성을 둘렀는데
산에서 내린 비가 밤에 보태니 강물소리 일어난다.
가을바람 부는 남쪽 동서 길엔 수레와 말도 없고
홀로 높은 다락집 위에서 오래 떠난 고향 그린다.

763년에 태어났다고 여겨지고 819년 이후에 이 세상을 떠났다고 짐작된다. 하남(河南) 낙양(洛陽) 사람이라고도 하고 산동성1 태산(泰山) 사람이라고도 한다. 덕종(德宗) 정원(貞元) 원년인 785년에 진사과에 급제하여 진사가 되고, 순종(順宗) 때에는 승진하여 선흡순관(宣歙巡官)이 되었으나 윗사람의 미움을 받아서 정주(汀州) 영화위(寧化尉)로 좌천되었으며, 헌종(憲宗) 때에 감찰어사(監察御史)로 발탁되었다가 자주자사(資州刺史)로 나갔다고 한다. 자(字)는 '간경'(諫卿)이다.

녹시가 시조 한 수

나그네가 절에서

김 재 황

깊은 산 짙은 숲에 쏟아지는 밤비 소리
절 안에 앉았으니 낮은 둑이 더욱 높고
동구 밖 좁다란 길만 내 마음에 밟힌다.

096

원문 **題都城南莊**(제도성남장)

崔護(최호)

去年今日**此門中**(거년금일차문중) 人面桃花相映紅(인면도화상영홍)
人面不知何處去(인면부지하처거) 桃花依舊笑春風(도화의구소춘풍)

녹시역 장안성 남쪽 집에서 쓰다

최호

지난 해 오늘에는 바로 이 대문 안에서
사람 얼굴과 복사꽃 서로 붉게 비쳤는데
사람 얼굴은 어디로 갔는지 알지 못하고
복사꽃만 옛날과 같이 봄바람에 웃는다.

태어난 해와 이 세상을 떠난 해는 알려지지 않았다. 박릉(博陵, 지금의 河北 定縣) 사람이라고 한다. 정원(貞元) 12년인 796년에 진사과에 급제하여 진사가 되었고, 대화 3년인 829년에 경조윤(京兆尹)이 되었으며 어사대부(御史大夫)와 영남절도사(嶺南節度使)를 지냈다고 한다. 그의 시풍은 간결하면서도 우아하며 언어가 참신하다는 평을 듣는다. 전당시(全唐詩)에 6수가 전해지고 있는데, 그 중 '제도성남장'(일명 人面桃花)이 널리 회자되고 있다. 자(字)는 '은공'(殷功)이다.

녹시가 시조 한 수

그날 그때를 그리며

김 재 황

나그네 목마름을 풀어 주던 물 한 모금
그 물을 건네면서 붉고 붉던 그녀 얼굴
다시 또 찾아간 날에 딴 복사꽃 피었네.

097

원문 長安秋望(장안추망)

趙嘏(조하)

運物凄涼拂曙流(운물처량불서류) 漢家宮闕動高秋(한가궁궐동고추)
殘星幾點雁橫塞(잔성기점안횡색) 長笛一聲人倚樓(장적일성인의루)

紫艶半開籬菊靜(자염반개리국정) 紅衣落盡渚蓮愁(홍의락진저연수)
鱸魚正美不歸去(노어정미불귀거) 空戴南冠學楚囚(공대남관학초수)

녹시역 장안에서 가을을 바라보다

조하

구름 무리는 맑고 차갑게 새벽하늘에 흘러가고
한씨의 집안 궁궐에는 높직한 가을이 움직인다.
남아 있는 별 몇 점이 기러기를 가로로 막는데
긴 피리 한 소리가 사람을 다락에 기대게 한다.

자줏빛 고움 반쯤 열리니 울타리 밑 국화 맑고
붉은 옷 다하여 떨어져서 물 가 연꽃 시름겹다.
농어가 바른 맛이어도 돌아가지 않고 떠나는데
부질없이 남관 쓰고 초나라의 죄수를 배운다네.

810년에 태어나서 856년에 이 세상을 떠났다고 하나, 확실하지는 않다. 산양(山陽) 사람이라고 한다. 무종(武宗) 회창(會昌) 4년인 844년에 진사과에 급제하여 진사가 되었고, 선종(宣宗) 대중(大中) 연간에 위남위(渭南尉)를 지냈다고 한다. 공자의 제자인 '안연'과 마찬가지로 40살 전후로 죽었다고 한다. 그의 시 '장안추망'(長安秋望) 중에 '인의루'(人倚樓)라는 글귀가 있어서 애칭으로 '조의루'(趙倚樓)라고 부른단다. 저서로 '위남집'(渭南集) 3권이 남아 있다. 자(字)는 '승우'(承祐)이다.

녹시가 시조 한 수

관악산 추망

김 재 황

서울이 낮아지니 가을 하늘 더 외롭고
기러기 날아가도 두 눈시울 마냥 젖네,
나직이 종소리 울면 무학 스님 닿는다.

098

원문 **天津橋春望**(천진교춘망)

雍陶(옹도)

津僑春水浸紅霞(진교춘수침홍하) 煙柳風絲拂崖斜(연류풍사불애사)
翠輦不來金殿閉(취련불래금전폐) 宮鶯銜出上陽花(궁앵함출상양화)

녹시역 **천진 다리에서 봄을 바라보다**

옹도

나루 다리 봄 내린 물에 붉은 놀이 잠기고
안개 버들은 바람 실로 기슭 비스듬히 쓴다.
비취색 수레 오지 않고 금빛 궁전 닫혔는데
궁궐 꾀꼬리만 상양궁 꽃을 물고 드나드네.

805년에 태어났다고 하는데, 세상을 떠난 해는 알지 못한다. 성도(城都) 사람이라고 한다. 문종(文宗) 대화(大和) 8년인 834년에 진사과에 급제하여 진사가 되었고 일찍이 시어사(侍御史)를 역임했다고 한다. 선종(宣宗) 대중(大中) 6년인 852년에 국자모시박사(國子毛詩博士)를 지냈고, 대중 8년인 854년에는 외직인 간주자사(簡州刺史)를 맡았다고 한다. 그 후에 귀은(歸隱)했다고 하는데, 가도(賈島) 등과 벗했다고 전한다. 저서로 당지집(唐志集) 5권이 있다. 자(字)는 '국균'(國鈞)이다.

녹시가 시조 한 수

언덕에서 청와대를 보며

김 재 황

큰 바람 불었는데 푸른 지붕 조용하고
길 떠난 봄바람은 외진 기슭 오르는데
무슨 꽃 거기 폈는지 하늘에게 물으리.

099

원문 宿雲門寺閣(숙운문사각)

孫逖(손적)

香閣東山下(향각동산하) 煙花象外幽(연화상외유)
懸燈千嶂夕(현등천장석) 卷幔五湖秋(권만오호추)

畫壁餘鴻雁(화벽여홍안) 紗窓宿斗牛(사창숙두우)
更疑天路近(갱의천로근) 夢與白雲遊(몽여백운유)

녹시역 운문사 안에서 묵다

손적

동쪽 산 아래에 있는 향기로운 절집
안개 속의 꽃이 세상 밖에 숨어 있다.
수많은 산에 저녁이면 등불이 걸리고
다섯 호수에 가을이면 장막을 걷는다.

그림을 그린 벽에는 큰 기러기 남고
깁 바른 창에는 두성과 우성이 잔다.
하늘 길이 가까운지 다시 의심하다가
꿈에 하얀 구름과 함께 놀며 즐긴다.

태어난 해와 이 세상을 떠난 해는 알려지지 않았다. 박주(博州) 무수(武水) 사람이라고 한다. 개원(開元) 2년인 714년에 문조갱려과(文藻宏麗科)에 급제하였고, 최일용(崔日用)과 망년교(忘年交)를 맺어서 세상에 널리 알려졌다고 한다. 현종(玄宗)이 불러서 좌습유(左拾遺)에 임명했으며, 장열(張說)이 그의 재능을 더욱 중시했다고 한다. 733년에는 입조(入朝)하여 집현전수찬1과 고공원외랑1 및 중서사인(中書舍人) 등을 역임했다고 한다. 그리고 천보(天寶) 초에 형부시랑(刑部侍郎)에 올랐으며 8년 동안 제고(制誥) 직책을 맡았고 태자좌서자(太子左庶子)로 벼슬을 끝냈다고 전한다. 어릴 때부터 문재(文才)를 지녔고 붓을 들면 바로 시를 지었다고 한다. 시호는 '문'(文)이다. 저서에 손적집(孫逖集)이 있다.

숲속에 숨은 절에서

김재황

별처럼 빛나지만 숨어 있는 절집 하나
창문은 닫혔는데 피어나는 꽃 한 송이
등불을 이미 껐어도 하늘 길이 밝는다.

100

원문 過野叟居(과야수거)

馬戴(마대)

野人閑種樹(야인한종수) 樹老野人前(수로야인전)
居止白雲內(거지백운내) 漁樵滄海邊(어초창해변)

呼兒采山藥(호아채산약) 放犢飮溪泉(방독음계천)
自著養生論(자저양생론) 無煩憂暮年(무번우모년)

녹시역 시골 늙은이가 있는 곳을 지나다

마대

나무를 심는 시골 사람이 한가로운데
시골 사람보다 나무가 먼저 늙는구나.
하얀 구름 안에서 살거나 또 그만두고
시린 바닷가에서 고기 잡고 나무한다.

아이 불러서 산의 약 캐고 따게 하며
송아지 놓아서 샘물 솟는 시내 먹인다.
스스로 기르고 낳는 헤아림 나타내니
늙은 때를 걱정하는 괴로움 하나 없다.

태어난 해와 이 세상을 떠난 해는 밝혀지지 않았다. 곡양(曲陽) 사람이라고도 하고 화주(華州) 사람이라고도 한다. 무종(武宗) 회창(會昌) 4년인 844년에 진사과에 급제하여 진사가 되었고, 선종(宣宗) 대중(大中) 초년에 태원(太原) 막부에서 서기(書記)를 맡았다가 죄를 얻어서 용양위(龍陽尉)로 쫓겨났다고 한다. 의종(懿宗) 함통(咸通) 말년에 사면을 받고 좌대동막(佐大同幕)으로 올랐으며 태학박사(太學博士)로 벼슬살이를 마쳤다고 한다. 전당시(全唐詩)에 시가 2권으로 엮여져 있다. 5언율시에 뛰어났다는 평을 듣는다. 가도(賈島)와 벗했다고 한다. 자는 '우신'(虞臣)이다.

시골에서 사는 꿈

김 재 황

촌에서 살아가기 안 원했던 사람 있나
내일로 미루다가 몸은 늙고 청춘 갔네,
말없이 흐르는 물에 지닌 꿈을 떠우리.

한시의 세계

　이제 우리는 시의 원류가 시경(詩經)이라는 사실을 아무도 부정하지 않는다. 민가와 민요의 바탕에서 출발한 시는 '악부시' '고체시' '근체시'의 과정을 거쳐서 줄곧 발전했다. 그런데 그 형식의 변화를 필요로 할 때는, 시(詩)는 시(詩)대로 두고 시(詩)가 '사'(詞)로 변하거나 '곡'(曲)으로 변하는 등, 형체나 체재를 바꾸기도 했다.

　어쨌든 우리 조상들도 한시(漢詩)를 지었고 애송했다. 그렇기 때문에 지금 시를 공부하거나 시를 쓰려는 사람은 적어도 한시가 어떤 것인가를 대강은 알아두어야 할 필요가 있다.

　한시는 노래로 시작되었고, 언어로 되어 있으며, 언어는 성조를 지닌다. 말하자면 중국어는 '단음절어'(monosyllabic)이며, 성조(聲調)에 따라 의미가 달라지는 언어이다. 이를 가리켜서 '성조언어'(tonal language)라고 한다. 물론, 우리말은 '비성조언어'(atonal language)이다.

　특히 당시(唐詩)에 쓰이는 한자는, '평'(平)과 '상'(上)과 '거'(去)와 '입'(入)의 네 소리(聲)로 분류된다. 이는, 우리가 사용하는 옥편을 찾아보면 표시되어 있는데, 한자마다 두른 사각의 테두리에서 각 모서리 중 어느 하나에 동그라미 표시를 했다. 다시 말해서, 왼쪽 밑의 모서리에 동그라미를 친 게 '평성'(平聲)이요, 그 위쪽 모서리에 동그라미를 쳤으면 '상성'(上聲)이다. 그리고 오른쪽으로 와서 그 위의 모서리에 동그라미를 친 것이 '거성'(去聲)이며 그 아래 모서리에 동그라미를 쳤으면 '입성'(入聲)이다. 이를 사성(四聲)이라고 한다.

그렇다면 어떤 소리들일까? 즉, '평성'은 '낮고 유순하며 화평한 소리'요, '상성'은 '처음이 낮고 차차 높아지다가 가장 높게 되었을 때 그치는 소리'요, '거성'은 '슬픈 듯이 멀리 굽이치는 소리'요, '입성'은 '짧고 빨리 거둬들이는 소리'이다. 그런데 앞의 '상성'과 '거성'과 '입성'은 모두 '측성'(仄聲)이라고 한다. 그래서 '평성'이 제1성이고 '상성'이 제2성이며 '거성'이 제3성이고 '입성'이 제4성이었다.

그런데 지금은 중국에서 '입성'이 사라져 버리고 상성(上聲)의 일부가 제4성으로 되었다. 다시 말해서 '상성' 중에서 전탁성모(全濁聲母)가 지금의 '거성'(去聲)으로 되었다. 그런데 놀랍게도 우리나라 말에는 '입성'(入聲)이 그대로 남아서 쓰이고 있다. 우리나라 한자음은 당나라 때의 발음체계를 그대로 보존하고 있는 화석과도 같은 상황이 주류를 이룬다고 말한다. 즉, 우리 한자음에서 'ㄹ'이나 'ㅂ'이나 'ㄱ' 등의 받침으로 끝나는 글자는 모두 당운(唐韻)의 '입성'이다.

그렇듯 한자음은 크게 보아서 낮고 평평한 소리인 '평성'(平聲)과 높고 굴곡이 있는 소리인 '측성'(仄聲)으로 나누어진다. 쉽게 말하자면 '평성'을 제외한 모든 소리가 '측성'이다. 이 '평성'과 '측성'을 아울러서 '평측'이라고 하는데 이 '평측'에 의하여 '한시'(漢詩)는 멋지게 짜이어져 있다. 다만, 고시(古詩)는 '평측'을 까다롭게 따지지 않았으나 당나라의 근체시(近體詩)는 '평측'을 엄밀히 따졌다. 근체시를 가리켜서 '절율'(絶律)이라고 한다.

그러면 '고시'(古詩)란 어떤 것일까? 다음의 해설을 본다.

『위(魏)와 진(晉) 시대에 들어서면 악부시의 리듬이 5언과 7언으로 정형화되고 시의 분위기나 내용도 점차 상류 문인들을 위한 것으로 변해 갔다. 이에 따라 육조(六朝) 시기에는 철학적 내용이나 '신선 세계에 대한 노래나 풍경이나 전원생활의 한적함' 또는 '궁정의 화려

한 연회와 미녀 등 다양한 내용'들을 노래하면서 갖가지 표현기법들을 연구했다. 그 결과, 구의 압운(押韻)과 글자의 평측(平仄) 및 대구(對句) 등 다양한 분야에서 세련된 형태가 갖춰졌다. 이렇게 정형화된 시 형식을 '고시'(古詩) 또는 '고체시'(古體詩)라고 부른다.』('한시 읽기의 즐거움' 홍상훈. 솔)

그러면 '근체시'(近體詩)에 대해서도 살펴보고자 한다.

『중국시 형식의 완결판이라고 할 수 있는 근체시는 대개 당나라 때 완성된 '절구'(絶句)와 '율시'(律詩)를 아우르는 명칭이자, 종종 고체시와 대비적인 의미에서 사용되는 개념이다. 완벽하고 세련되고 멋진 시 형식을 정립하기 위한 육조시대 시인들의 노력은 육조 말엽 심약(沈約 441~513)과 사조(謝脁 464~499) 등이 개발한 성운(聲韻)의 활용법에서 절정을 이룬다. 흔히 '사성팔병설'(四聲八病說)이라고 불리는 이 성운의 규칙은, '한자의 소릿값을 크게 평성(平聲)과 측성(仄聲)으로 나누고, 시 구절에서 가장 아름답고 세련된 글자의 안배 순서를 규정하려는 것'이었다. 이들의 노력은 당나라 때 들어서 아름다운 음악적 리듬과 세련된 형식 규범, 고도의 수사법을 집대성한 절구와 율시 형식을 탄생시키는 데 중요한 밑거름이 되었다.』('한시 읽기의 즐거움' 홍상훈, 솔)

그러면 지금부터는 근체시 한 편을 골라서 그 평측 관계를 살펴보고자 한다. 다음은 이태백이 쓴 '조발백제성'(早發白帝城)이라는 시(詩)다. 삼국지에 나오는, '유비'가 숨을 거둔 장소인 '백제성'을 떠나면서 읊은 시라고 한다.

朝辭白帝彩雲間(조사백제채운간)
　　아침에 고운 구름 사이 백제성을 떠나서
千里江陵一日還(천리강릉일일환)

천리 떨어진 강릉을 하루 만에 돌아왔네.

兩岸猿聲啼不住(양안원성제부주)

　　양쪽 언덕 처절한 원숭이 울음 이어지고

輕舟已過萬重山(경주이과만중산)

　　날쌘 배는 어느덧 첩첩한 만산을 지나네.

　앞의 시에서 첫 행은 '평평측측측평평'으로 되어 있고, 둘째 행은 '측측평평측측평'으로 되어 있다. 여기에서 둘째와 넷째와 여섯째 글자를 눈여겨보아야 한다. 즉, 첫 행의 둘째 글자가 '평'으로 되어 있으나 둘째 행에서는 '측'으로 되어 있고, 첫 행의 넷째 글자가 '측'으로 되어 있는 데 반해 둘째 행의 넷째 글자는 '평'으로 되어 있으며, 첫 행의 여섯째 글자가 '평'으로 되어 있는가 하면 둘째 행의 여섯째 글자가 '측'으로 되어 있다. 이렇게 서로 엮게 된다. 그런데 2행과 3행은 둘째와 넷째와 여섯째 글자가 같은 '평'과 '측'으로 되어 있어야 하고, 1행과 4행도 그와 마찬가지로 둘째와 넷째와 여섯째 글자가 같은 '평'과 '측'으로 짜여 있어야 한다.

　1행의 끝 글자인 '간'(間)은 상평성(上平聲) 운(韻)이다. 그리고 제2행과 제4행의 마지막 글자인 '환'(還)과 '산'(山)이 모두 같은 '운'에 속한다. 이렇게 운이 맞는 것을 '협'(叶)이라고 한다. 이 이태백이의 시를 가리켜서 '7언절구'(七言絶句)라고 하는데, '절구'란, 한시에서 근체시 형식의 하나로 네 행이 각각 '기'(起) '승'(承) '전'(轉) '결'(結)의 네 구(句)로 이루어진 정형시를 가리킨다. 물론, 첫 행과 둘째 행은 '시인의 서사'이고 셋째 행과 넷째 행은 '시인의 서경'이다.

　다음은 '절구'(絶句)에 대하여 사전적 설명을 보기로 한다.

　『5언절구와 7언절구가 있다. 5언절구는 5언 4구 20자이고, 7언절구는 7언 4구 28자이다. 육조인(六朝人)의 시집에 "5언 4구의 시를 절구 혹은 단구(斷句)·절구(截句)라고 한다."라는 말이 있기 때문에 절구의 체는 한(漢)과 위(魏)의 악부(樂府)에서 싹터 당대(唐代)에 완성된 것으로 보인다. 율시(律詩)와 마찬가지로 후대에 생겨났으므로 근체시에 속한다. 제1구는 상(想)을 일으키는 기구(起句), 제2구는 1구의 뜻을 이어받는 승구(承句), 제3구는 뜻을 살짝 전환하는 전구(轉句), 그리고 제4구는 1·2·3구의 뜻을 종합하여 묶는 결구(結句)라고 한다. 구의 구성은 ① 1·2구는 산구(散句)로써 기(起)하고 3·4구는 대구(對句)로써 결(結)한 경우, ② 1·2구 대구로써 기하고 3·4구는 산구로써 결한 경우, ③ 4구 모두 대구를 쓰는 경우, ④ 4구 모두 산구를 쓰는 경우가 있다.』(브리태니커 백과사전 중에서)

그러면 근체시 중에서 첫 손가락에 꼽힌다는 '두보'(杜甫)의 7언율시(七言律詩)인 '야망'(野望, 들판에서 바라보며)을 살펴보고자 한다.

(1)서산백설삼성수(西山白雪三城戍)
-백설이 덮인 서산 밖의 삼성(松·維·保)을 굳게 지키고 있으며,

(2)남포청강만리교(南浦淸江萬里橋)
-남쪽 포구의 맑은 강 위에는 만리교가 있다.

(3)해내풍진제제격(海內風塵諸弟隔)
-나라 안은 전란으로 형제들이 각기 헤어져 있고,

(4)천애체루일신요(天涯涕淚一身遙)
-하늘가에 눈물 흘리며 이 한 몸이 멀리 있다.

(5)유장지모공다병(惟將遲暮供多病)

-다만 나이가 들어서 늙음으로 인해 병이 많은데,

(6)미유연애답성조(未有涓埃答聖朝)
-아직도 성조에 티끌만한 공으로 보답도 못했다.

(7)과마출교시극목(跨馬出郊時極目)
-말 타고 교외로 나가 때로는 멀리도 보는데,

(8)불감인사일소조(不堪人事日蕭條)
-사람의 일이 날로 쓸쓸해짐을 견딜 수가 없구나.

　여기에서 '평'과 '측' 관계는 접어 두고, '운'(韻)만을 짚어 보고자 한
다. 우선 첫 행을 보면 끝 글자가 '수'(戌)이다. 그리고 2째 행에는 끝
글자가 '교'(橋)이다. 또, 4째 행의 끝 글자는 '요'(遙)이고, 6째 행에의
끝 글자는 '조'(朝)이며 8째 행의 끝 글자는 '조'(條)이다. 이들은 모두
같은 운자에 해당한다. 이들이 우리가 읽는 소리와는 좀 다른 듯해
도, 중국의 그 당시 발음은 같은 운을 지녔다고 여겨진다. 이렇듯 1
째 행과 2째 행과 4째 행과 6째 행과 8째 행의 끝 글자들이 같은 운
을 지녀야 한다. 이를 '압운'(押韻)이라고 하는데, 이는 '운을 밟는다.'
라는 뜻이다.
　또, '율시'(律詩)는 어떤 것일까? 사전적 의미를 본다.
　『1구 5언의 5언율시와 1구 7언의 7언율시, 2종류가 있다. 율시의
명칭은, 〈서경〉 순전(舜傳)의 '성의영 율화성'(聲依永律和聲)에서 비롯되
었는데, 처음에는 구수에 상관없이 운율이 있는 모든 시를 지칭하는
용어로서 3운으로 이루어진 짧은 시에서부터 100운, 150운에 이르
는 장률까지도 모두 포함하는 통칭이었다. 당대와 송대에 이르러 율

시의 범주를 8구의 시에만 한정하기 시작했지만 절구를 율시라 부르기도 했는데, 그 경계를 확연히 구분하기 시작한 것은 원대와 명대에 이르러서부터이다. 8구로 이루어진 율시는 각 2구씩을 묶어 첫 구를 출구(出句), 둘째 구를 대구(對句)라 한다. 이 2구가 연이 되어 4연을 각각 기연(起聯)·함연(頷聯)·경연(頸聯)·미연(尾聯)이라고 부르며 그 밖에도 여러 명칭이 있다.』(브리태니커 백과사전)

다시 앞의 한시로 돌아가서 '대우법'(對偶法)을 살펴본다. '대우법'이란, '수사학(修辭學)에서 두 개의 사물을 마주하게 하여 대립의 아름다움을 나타내는 기법'을 이른다. 다시 말해서 '대우법'은 3구와 4구, 그리고 5구와 6구가 반드시 대우를 이루어야 하며, 다시 '3구와 4구'가 '5구와 6구'와 대우를 이루어야 하는 것으로, 이런 대우법 역시 '두보'에 이르러서 완성되었다고 한다. 위의 한시를 보면 3구인 '나라 안은 전란으로 형제들은 각기 헤어져 있으며'(海內風塵諸弟隔)와 4구인 '하늘가에 눈물 흘리며 이 한 몸이 멀리 있다.'(天涯涕淚一身遙)가 대우를 이루고, 5구인 '다만 나이가 들어 늙음으로 인해 병이 많은데'(惟將遲暮供多病)와 6구인 '아직도 성조에 티끌만한 공으로 보답도 못했다.'(未有涓埃答聖朝)가 대우를 이룬다. 그리고 '나라 안은 전란으로 형제들은 각기 헤어져 있고 하늘가에 눈물 흘리며 이 한 몸이 멀리 있다.'(海內風塵諸弟隔 天涯涕淚一身遙)와 '다만 나이가 들어 늙음으로 인해 병이 많은데 아직도 성조에 티끌만한 공으로 보답도 못했다.'(惟將遲暮供多病 未有涓埃答聖朝)가 대우를 이루고 있다.

대련(對聯)은, 의미가 상관(相關)되고 형식상 대우(對偶)되는 두 구절을 말한다. 그리고 오언(五言)이나 칠언(七言)의 대구(對句)를 여섯 개 이상 늘어놓은 시를 가리켜서 배율(排律)이라고 한다.

다시 고시(古詩) 한 편을 보고자 한다. 모든 시가 그렇겠지만, 한시에도 아름다운 사랑 이야기들이 많다. 그런데 시의 원류라고 할 수 있는 '시경'(詩經)에는 젊은 남녀가 사랑하는 모습이 어떤 모습으로 그려져 있을까? 참으로 궁금하지 않을 수 없다. 그래서 그 속에 들어 있는 시 한 편을 골랐다. 바로 위풍(衛風) 속의 '목과'(木瓜, 지금은 '모과'라고 읽음)라는 작품이다.

投我以木瓜(투아이목과): 나에게 모과를 던져 주기에
報之以瓊琚(보지이경거): 아름다운 거옥으로 보답했지.
匪報也(비보야): 굳이 답례가 아니라
永以爲好也(영이위호야): 길이길이 사이좋게 지내보자고.

投我以木桃(투아이목도): 나한테 복숭아를 던져 주기에
報之以瓊瑤(보지이경요): 아름다운 요옥으로 보답했지.
匪報也(비보야): 굳이 답례가 아니라
永以爲好也(영이위호야): 길이길이 사이좋게 지내보자고.

投我以木李(투아이목이): 내게 오얏을 던져 주기에
報之以瓊玖(보지이경구): 아름다운 구옥으로 보답했지.
匪報也(비보야): 굳이 답례가 아니라
永以爲好也(영이위호야): 길이길이 사이좋게 지내보자고.

이 시는, 3절로 되어 있는 노래이고 각 절마다 '목과' '목도' '목이' 와 '경거' '경요' '경구'만 다를 뿐이다. 이게 '운'(韻)일 성싶다. 이 시를 보면, 그 머나먼 옛날에는 여인이 먼저, 남자에게 자기의 사랑하는 마음을 알렸음을 미루어서 짐작할 수 있다. 여자가 '마음에 드는 남자'에게 '향내 나는 과일'을 던지면 그 마음을 받아들이는 남자가 '거옥'이나 '요옥'이나 '구옥' 등의 옥으로 여자에게 답례를 했던 것 같다. 이 얼마나 멋진 구애의 방식인가!

과일을 던지는 게 여성이고 옥구슬로 보답하는 게 남자라는 사실은, 시경 중 왕풍(王風)의 '구중유마'(丘中有麻)란 작품과 정풍(鄭風)의 '여왈계명'(女曰鷄鳴)이란 작품에서도 엿볼 수 있다. 아, 그 멋진 사랑이여!

결론적으로, 중국 정형시의 외형은 세 가지로 요약될 수가 있다. 첫째는 음률의 하모니와 정감을 조화하는 일이다. 즉, '구법'(句法) '장법'(章法) '대우'(對偶) '평측'(平仄) '압운'(押韻) 등의 법도를 지킨다. 둘째는 '기'(起) '승'(承) '전'(轉) '결'(結) 등의 구성을 지니는 일이다. 곧 '발단' '승계' '전환' '결미' 등의 과정이다. 그리고 셋째는 한자의 단음절적인 기능을 살려서 단독적인 이미지를 조립하는 일이다. 이로써 중국시 특유의 '의경'(意境)을 조성한다. 글자를 투여함에 아무런 제한은 없지만 반드시 사물의 풍경을 그려서 정서와 곁들여야 한다고 설명되어 있다. 이를 가리켜서 '정경합융'(情景合融)이라고 하던가? 여기에서 말하는 '정경'은 '감흥과 경치'를 가리킨다.

그런데 신시(新詩)가 나타났다. 중국에서 '신시'도 우리나라의 경우와 마찬가지이다. 1890년대의 개화시기에 '내용으로 혁신을 시험'하다가 1910년대에 비로소 '호적'(胡適)이라든가 '심윤묵'(沈尹默) 등의 '백화시'(白話詩)가 출현하면서 3천 년을 이어오던 정형시 일변도는 자유시의 물길을 트게 되었다. '백화시'는 전래의 격률을 부수고 새로운 리듬을 살린 자유시 형식이다. 그 내용이 훨씬 다양하고 해방적이라고 한다. 하지만, 그 사상이나 전통은 결코 버리지 않았다고 주장한다. 그 안에 그 모든 품격이 역력하게 나타나 있다고 힘주어서 말한다.

물론, 과거에 비해서 현재가 모든 것이 발전된 상태라고 볼 수는 없다. 그저 오랜 정형시에서 시대에 맞게 자유시 쪽으로 눈을 돌렸다고 본다. 다시 말해서 과거의 정형시에서 자유시 쪽으로 발전하였다고는 보지 않는다. 누가 무어라고 해도, 한시가 꽃을 피운 전성시대는 과거 당나라 때였음을 아무도 부정하지 못한다.

우리가 지금도 '시조'(時調)를 사랑하듯 일본이 하이쿠(俳句)를 열심히 이어가듯 중국도 정형의 '절구'(絶句)와 '율시'(律詩)를 하루바삐 되찾을 수 있기를 바란다.

그러나 과거의 정형시 쪽으로 쉽게 돌아갈 수는 없을 터이다. 왜냐하면 그만큼 그들 삶이 더욱 바빠지고 있기 때문이다. 이 어찌 안타까운 일이 아니겠는가.

저자 녹시(綠施) 김재황(金載晃) 연보

1942년   출생. 초등학교에 다니기 전, 고향인 파주의 야동(野洞)
          에 살면서 산으로 혼자 돌아다님. 이 때 여러 나무와
          친해짐.

1949년   서울에서 창신초등학교에 입학하였다가 종암초등학
          교로 전학. 그러나 2학년이 되었을 때, 6.25전쟁이 발
          발하여 아버지를 따라 제주도로 가서 제주시 제남초
          등학교 3학년에 편입. 그 때도 수업이 끝나면 들로 산
          으로 나무를 만나러 다님.

1955년   서울로 돌아와서 은로초등학교를 졸업하고 선린중학
          교에 입학. 그러나 '상업' 쪽이 적성에 맞지 않는다는
          생각을 하고, 나무와 가깝게 지낼 수 있는 시골의 초등
          학교 선생님이 되기를 희망함.

1958년   중학교를 졸업하고, 초등학교 선생님이 되기 위해 서
          울사범고등학교에 입학시험을 치러 1차 필기시험에
          는 합격했으나, 2차 실기시험은 자신이 없어서 포기
          함. 배재고등학교에 입학. 이 당시에 많은 문학 서적을

탐독하였으며, 특히 심훈의 '상록수'를 읽고 감동하여 그러한 삶을 살고자 함.

1961년   고등학교 졸업. 대학진학에 '국문학과'과 '농학과'를 놓고 고심하다가, 고려대학교 농학과로 진학. 이 때 고려대학교 교수로 있던 조지훈 시인을 스승으로 삼고, 문학의 꿈을 키움.

1965년   대학교를 졸업하면서 그 전까지의 이름인 김만웅(金滿雄)을 항렬자에 따라 김재황(金載晃)으로 바꾸어 부르게 됨. 병무청의 사무착오로 군대의 징집영장이 나오지 않게 되자, 훈련소로 가서 현지 입대함.

1967년   군복무를 마치고 제대한 후, 풀과 나무를 벗하며 살기 위해 경기도농촌진흥원에서 실시하는 농촌지도직 국가공무원 시험(4급 을류)을 치르고 농촌지도사가 됨. 포천군으로 첫 발령을 받고, 오지인 창수면과 정산면에서 업무를 담당하였음. 특히 청산면은 길이 험했으므로 자전거도 못 타고 걸어서 출장을 다님. 이 때 다시 나무들과 즐거운 시간을 많이 가짐.

1971년   집안 사정에 의해, 삼성 중앙일보사 농림직 간부사원으로 공채시험을 통해서 전직함. 용인자연농원(현 에버랜드) 개발에 참가하여 과수 분야의 기획을 담당함. 그러나 기회가 있을 적마다 현지 파견을 희망하였고, 마침내 그 뜻이 받아들여져서 언양농장장 및 대구제일

농장장의 직책을 맡게 됨. 두 농장에서 많은 나무들의 묘목을 길러 냈음.

1973년   시골에서 자유롭게 詩에 전념하기 위해 삼성의 중앙일보사를 퇴직함. 결혼. 농장을 마련하려고 동분서주하면서 시조를 공부하기 시작함.

1978년   대한불교신문 신춘문예에 응모하여 시조 「해오라기」가 최종심에 오름. 제주도 서귀포로 내려가서 조그만 귤밭(일광농장)을 마련함. 이 귤밭에 잡감포를 조성하고 '네이블'을 비롯하여 '레몬' '하귤' '금감' '팔삭' 등의 30여 종을 수집하여 애지중지함. 또, 집의 정원에는 '꽃치자나무' '비파나무' '동백나무' 등을 심어놓고 정을 나눔. 그리고 천지연의 '담팔수'와 서귀포 시청 앞마당의 '먼나무'를 자주 만나러 다님.

1983년   조선일보 신춘문예에 시조 「숲의 그 아침」이 최종심에 오름.

1985년   동아일보 신춘문예에 시조 「동학사에서」가 최종심에 오름.

1986년   시를 본격적으로 공부하기 위해 온 가족이 서울로 이사함. 집을 관악산 밑에 마련하고, 관악산의 나무들을 만나러 다니기 시작함.

1987년	한국문인협회에서 발간하는 〈월간문학〉의 신인작품상에 시조「서울의 밤」이 당선되어 문단에 데뷔함. 이때부터 서울 시내의 나무들인 조계사 경내의 '회화나무'와 옛 창덕여고 교정의 '백송' 등과 우정을 나눔.
1989년	첫 시집『거울 속의 천사』(반디) 출간. 또, 제주도에서 만난, 나무 이야기를 주로 기록한 산문집『비 속에서 꽃 피는 꽃치자나무』(반디) 펴냄.
1990년	들꽃들을 노래한 시집『바보여뀌』(반디) 펴냄.
1991년	산문집『시와 만나는 77종 나무 이야기』(외길사) 펴냄. 첫 시조집『내 숨결 네 가슴 스밀 때』(외길사) 펴냄. 여러 동식물학자들과 민통선지역을 다니며 생태조사를 실시함.
1992년	한국간행물윤리위원회로부터 청소년을 위한「우리들의 책」에『시와 만나는 77종 나무 이야기』가 선정됨.
1993년	시집『민통선이여, 그 살아 있는 자연이여』(백상) 펴냄. 그리고 산문집『시와 만나는 100종 들꽃 이야기』(외길사) 펴냄.
1994년	100종의 나무를 하나씩 작품화한 시조집『그대가 사는 숲』(경원) 펴냄.

1995년	중학교 1학년 2학기 국어 교과서에 기행문「민통선 지역 탐방기」가 수록됨.
1997년	시집『못생긴 모과』(시와 산문) 펴냄
1998년	25명의 시인들에게 들꽃을 하나씩 증정한 평론집『들꽃과 시인』(서민사), 시와 시조 및 산문집『민통선 지역 탐방기』(서민사) 펴냄. 그리고 150 종류의 화목과 화초에 대한 전설을 정리한 산문집『꽃은 예뻐서 슬프다』(서민사) 및 시집『치자꽃, 너를 만나러 간다』(서민사) 펴냄. 환경부로부터 '우수 환경도서'에『민통선 지역 탐방기』가 선정됨.
2001년	시조집『콩제비꽃 그 숨결이』(서민사) 펴냄. 관악산으로 소나무와 참나무들을 자주 찾고, 우면산의 물박달나무를 만나러 다님. 목시집(木詩集)『바람을 지휘한다』(신지성사) 펴냄.
2002년	시조집『국립공원기행』(도서출판 컴픽스)과 시조선집『내 사랑 녹색세상』(도서출판 컴픽스) 펴냄. 아들과 딸로부터 CD로 제작된 회갑기념문집『날개』를 증정 받음.
2003년	초시집(草詩集)『잡으면 못 놓는다』(문예촌) 펴냄. 주식회사 '컴픽스'에서 후원한 감성언어집『나무』(도서출판 컴픽스)가 '국립공원기행'과 '내 사랑 녹색세상'에 이어 3번째 비매품으로 출간됨.

2004년	동시조집 『넙치와 가자미』(문예촌) 펴냄. 그리고 주식회사 '컴픽스'의 협찬으로 4번째 녹색문집인, 산문집 『그 삶이 신비롭다』(도서출판 컴픽스)가 출간됨.
2005년	5월에 평론집 『들에는 꽃, 내 가슴에는 詩』(도서출판 컴픽스)가 주식회사 '컴픽스'의 후원으로 출간됨. 3인 사화집 '셋이서 걷다' 제1집을 펴냄. 8월 10일에 제1회 세계한민족문학상 대상 수상. 수상 기념으로 시조집 『묵혀놓은 가을엽서』(도서출판 코람데오)를 펴냄.
2006년	3인 사화집 '셋이서 걷다' 제2집 펴냄. 주식회사 컴픽스의 후원으로 6번째 녹색문집으로, 시선집 『너는 어찌 나에게로 와서』(도서출판 컴픽스)가 출간됨. 한국문인협회의 「월간문학」에 '시조 월평'(3개월) 실림.
2007년	3인 사화집 '셋이서 걷다' 제3집 펴냄. 인도의 '싯다르타'에 이어서 중국의 '콩쯔'(공자)에 대한 고전에 심취함.
2008년	인물전기인 『봉쥬르, 나폴레옹』(도서출판 컴픽스)과 『숫시인 싯다르타』(도서출판 상정) 펴냄. 3인 사화집 '셋이서 걷다' 제4집 펴냄.
2009년	3인 사화집 '셋이서 걷다' 제5집 펴냄. 시조집 『서호납줄갱이를 찾아서』(도서출판 '상정')와 인물전기 『씬쿠러, 콩쯔』(도서출판 '상정')를 펴냄.

2010년	산문집『노자, 그리고 나무 찾기』(도서출판 상정) 펴냄
2011년	3인 사화집 '셋이서 걷다' 제6집을 펴내고, 이어서 전국여행시조집『양구에서 서귀포까지』(도서출판 상정)를 펴냄.
2012년	3인 사화집 '셋이서 걷다' 제7집을 펴내고, 그와 함께 산문집『거슬러 벗 사귀다』(맹자 이야기)를 도서출판 '반디'를 통하여 펴냄. 대학 동문 셋이서 연초부터 매달 한두 번씩 전국의 천연기념물 나무들을 만나러 다니기 시작함. 제15차 탐방을 끝냄.
2013년	천연기념물 나무 탐방 제16차부터 제20차까지 끝냄. 시론집『시화(詩話)』(도서출판 '그늘나무')를 펴냄. '사서'(四書) 중 '중용'과 '대학'의 삼매경에 빠짐. 동화『초록 모자 할아버지』를 도서출판 '노란돼지'에서 그림 문고로 출간함. 3인 사화집 '셋이서 걷다' 제8집 펴냄.
2014년	고전탐구『녹시가 '대학'과 '중용'을 만나다』(도서출판 '그늘나무')를 펴냄. 동화『문주란 꽃이 필 때』를 도서출판 '노란돼지'에서 그림 문고로 출간함. 한국문인협회에서 발간하는「계절문학」에 '시조 월평'(가을호와 겨울호) 실림. 11월, 시조집『나무 천연기념물 탐방』(신세림출판사)을 펴냄.
2015년	시조집『워낭 소리』(도서출판 '그늘나무')를 펴냄. 고전 '장

자' 읽기에 모든 정신을 빼앗김.

2016년   4월에 고전탐구『장자가 들려주는 우언』(도서출판 그늘나무)을 펴냄. 그리고 12월 12일에 프레스센터 국제회의장에서 '제36회 올해의 최우수예술가상'(한국예술평론가협의회) 수상.

2017년   등단 30주년 기념으로『녹시시조전집』의 원고를 탈고. 당시(唐詩) 공부에 매달리고 그 원고를 모아서『時調와 唐詩 마주하여 다가앉기』라는 이름으로 책을 펴내려고 함.

마주하고 다가앉기

초판인쇄 2017년 09월 25일 **초판발행** 2017년 09월 30일

지은이 **김재황**
펴낸이 **이혜숙**   펴낸곳 **신세림출판사**
등록일 1991년 12월 24일 제2-1298호

100-015 서울특별시 중구 충무로5가 19-9 부성B/D 702호
·전화 02-2264-1972 팩스 02-2264-1973
E-mail : shinselim72@hanmail.net

정가   15,000원

ISBN   978-89-5800-189-8, 03810